Dans la même collection

Osez… 20 histoires d'infidélité
Osez… 20 histoires de quick sex
Osez… 20 histoires de premières fois
Osez… 20 histoires de fellation
Osez… 20 histoires de chasseuses d'hommes
Osez… 20 histoires d'amour au bureau
Osez… 20 histoires de sexe en vacances
Osez… 20 histoires de soumission & domination
Osez… 20 histoires érotiques de Noël
Osez… 20 histoires de vampires et de sexe
Osez… 20 histoires de sextoys
Osez… 20 histoires de sexe sur Internet
Osez… 20 histoires érotiques dans un train
Osez… 20 histoires d'amour… et de sexe
Osez… 20 histoires de voyeurs et d'exhibitionnistes
Osez… 20 histoires de sexe entre filles
Osez… 20 histoires de sexe avec des pompiers
Osez… 20 nouvelles histoires érotiques de Noël

En couverture : © Matthew / Corbis

122 rue du Chemin-Vert - 75011 Paris
www.lamusardine.com

ISBN : 978-2-84271-953-1

Osez...

20 histoires de sexe partout sauf dans un lit

La Musardine

Vous aimez le sexe ? Vous aimez écrire ? Faites d'une pierre deux coups : participez à nos recueils ! « Osez 20 histoires de sexe » se veut une collection ouverte à toutes et tous.
Pour participer, rien de plus simple : visitez le blog de la collection : http://osez-vos-histoires-de-sexe.com et découvrez les futurs thèmes, ainsi que les conditions pour soumettre vos textes. Vous trouverez les réponses à toutes les questions que vous pouvez vous poser.
À bientôt de vous lire !

Élise, collectrice de nouvelles pour La Musardine
elise.musardine@gmail.com

Table des matières

Partout sauf dans un lit

Stéphane Rose

Bonjour. Je me présente, Stéphane Rose, directeur de la collection de nouvelles érotiques « Osez 20 histoires », dont vous tenez actuellement un exemplaire entre les mains. C'est un peu la petite sœur de la collection des guides pratiques « Osez ». À la Musardine, j'occupe d'autres fonctions, qui me valent d'y occuper un bureau. Il est entouré de bibliothèques remplies de l'intégralité des livres parus dans notre chère maison d'édition depuis sa création.

Un soir, sur le coup de 20 heures, mon amoureuse vient m'y chercher dans l'idée de tester un restaurant du quartier. Je l'embrasse, expédie la rédaction d'un mail de boulot, l'envoie, éteins mon ordinateur, boucle mon sac.

— C'est bon, t'es prêt ?

— Pas tout de suite, il me reste un truc à faire. Je devrais d'ailleurs dire : il « nous » reste…

— Hein ?

— Hier soir, tu m'as dit que tu trouvais qu'on baisait un peu plan-plan, en ce moment, tu te souviens ?

— Oui.

— J'y ai réfléchi, et je pense que tu as raison : on s'encroûte. Et justement, il se trouve qu'ici, nous éditons une petite collection de guides pratiques dont on dit qu'ils sont idéaux pour, selon la formule consacrée, remettre un peu de pim…

— Ah non, tu ne vas quand même pas me faire le coup du piment dans le couple !

— Tu le préférerais ailleurs ?

— T'es lourd.

— Ferme les yeux.

— Hein ?

— Ferme les yeux, je te dis. Fais-moi confiance.

Elle s'exécute. Je la guide alors jusqu'à l'étagère sur laquelle est rangée l'intégralité de la collection « Osez » depuis ses débuts. Je lui prends la main, l'invite à fermer son poing, duquel j'extrais son index, que je pose sur le premier livre.

— Laisse filer ton doigt de gauche à droite, et arrête-toi quand tu veux, je lui dis.

Bonne joueuse, elle m'obéit sans réfléchir, intriguée mais résolue, promène son doigt le long de la tranche des livres, va et vient de gauche à droite, de droite à gauche, s'arrête soudainement sur un livre en particulier.

— Maintenant, ouvre les yeux. Et prends le livre sur lequel tu as posé ton doigt. C'est quoi ?

— *Osez faire l'amour partout sauf dans un lit*, de Marc Dannam.

— Intéressant, je lui dis en la galochant de façon suffisamment salace pour faire passer une intention sexuelle.

Elle se laisse faire. J'en profite pour glisser une main sous sa jupe et la plaquer sur sa chatte.

— Assieds-toi sur mon bureau.

— Hein ?

— Assieds-toi, je te dis !, je lui demande d'un ton ferme, tout en la prenant par la taille pour l'obliger à poser ses fesses sur le bureau.

Parvenu à mes fins, je remonte sa jupe sur ses hanches, attrape mon siège et m'assieds face à sa petite culotte rose de Barbie lubrique.

— Mais qu'est-ce que tu fais ? On a réservé le restaurant, tu...

— Le restaurant attendra, pour le moment, j'ai faim d'autre chose.

Je le lui prouve en léchant avec gourmandise le tissu de sa culotte. Elle se laisse faire en souriant, miaulant avec velléité, puis avec plus de conviction. Aux premiers effluves de musc qui me chatouillent les narines, j'écarte le tissu pour saluer plus frontalement son intimité. Je commence par lécher l'extérieur de son sexe, mais sa mouille qui mousse sur ma barbe me dissuade de minauder trop longtemps. D'un coup de langue résolu, j'écarte ses petites lèvres et m'engouffre dans son con déjà trempé.

— Tu vas quand même pas me baiser ici…

— Je vais te baiser partout sauf dans un lit. Et mon bureau, ça me paraît pas mal pour commencer.

Je lui crache sur le clitoris et le cerne de légers coups de langue tout en sortant ma queue de mon jean.

— Stéphane, t'es encore là ?, demande une voix au loin.

Ma dulcinée sursaute, repousse mon visage et serre pudiquement ses cuisses en rougissant plus vite qu'une tomate sous la canicule italienne.

— Oui, oui, Carole, c'est bon, je fermerai, t'inquiète !

— OK, bonne soirée, à demain !

— À demain !

Je rassure ma chérie :

— C'était Carole. C'est bon, elle a rien vu.

— Oui, ben moi, ça m'a coupé dans mon élan…

— Pas grave, j'ai un plan B.

Je la prends par la main et l'emmène hors de mon bureau, direction la réserve. C'est là que nous rangeons les fournitures nécessaires au bon fonctionnement de l'entreprise. Une grande pièce cernée d'étagères remplies d'enveloppes, de catalogues promotionnels, de morceaux d'ordinateurs et autres fournitures de bureau. On y trouve aussi plusieurs cartons de bouteilles du vin avec lequel nous arrosons les soirées de lancement de nos livres. Au centre de la pièce, une grande table, généralement utilisée pour empaqueter les gros colis, mais dont je compte faire un usage détourné.

— Tu vas me baiser sur cette table ?, elle me demande d'un œil lubrique étudié sans même attendre la réponse, puisqu'elle tombe jupe et culotte et s'assied sur le bois en écartant les cuisses.

Je déboutonne mon jean, sors ma queue et la pénètre d'un coup sec, qu'elle accueille en poussant un petit cri. Je bande fort, moins excité par la situation que par la journée que je viens de passer à la fantasmer. J'avais en effet prémédité mon coup dès la veille au soir, et à dire vrai, aurais préféré que son doigt s'arrête sur le *Osez le libertinage* de Pierre des Esseintes. Mais à croire ma trique insolente, partout sauf dans un lit, c'est bien aussi. Je m'agrippe à sa taille et accélère la cadence tout en fouillant sa bouche avec ma langue. Le bois se met à couiner dangereusement, un carton posé sur le rebord de la table s'écrase sur le sol avec fracas, répandant sur le sol une vingtaine d'exemplaires de la BD *Petite vicieuse*, d'Ardem. Les dieux du stupre semblent être avec nous, mais nous voilà de nouveau stoppés dans notre élan.

Cette fois, c'est elle qui prend le relais. Elle me prend par la main, sort de la réserve et se plante sous la verrière, suffisamment percée de la lumière tamisée du soleil couchant estival pour éclairer trois bureaux.

— C'est à qui, ce bureau ?, elle me demande.

— Didier, le maquettiste.

— Et celui-là ?

— Monique.

— Celle qui rit ?

— Ça m'étonnerait. Encore que.

— Et celui-là ?

— Amélie.

— C'est qui ?

— Une stagiaire.

— Elle est comment ?

— Euh… Un peu coincée, je dirais. Beaucoup, même, à vue de nez.

— Parfait, dit-elle en se dirigeant vers son bureau, sur lequel elle s'assied en écartant les cuisses.

Je reste à distance et la regarde. Je connais trop cette petite lueur dans son œil, ce petit air de défi mâtiné de désir, qui trahit son goût immodéré pour l'exhibitionnisme. Elle veut se branler et veut que je la regarde. J'empoigne mon sexe et le masturbe doucement, les yeux rivés sur sa chatte. C'est ce qu'elle veut, que je lui mate la chatte, que je voie avec quelle libéralité elle s'ouvre, que je l'encourage à l'ouvrir encore plus.

— Vas-y, écarte bien les cuisses, je lui dis. Montre-moi tout. Montre-moi comme tu es impudique.

Ça marche. Ça marche toujours. Elle s'astique l'abricot en feulant, tout en s'enfonçant deux doigts bien profond dans la fente, que je fixe comme un chien fixerait une entrecôte.

— Branle-toi bien, elle me dit. Et sors tes couilles de ton boxer, je vois que ta queue.

Sa mouille abondante a vite fait de lui filer entre les doigts pour s'écraser sur le tapis de souris de la pauvre Amélie en minces filets blanchâtres. Elle s'arrête, scrute les affaires de ma jeune collègue, attrape un toner d'imprimante en forme de gros cylindre noir, qu'elle s'enfonce dans la chatte. L'effet est immédiat : plus c'est gros, plus ça m'excite. Ma queue grossit à l'unisson, et mes couilles pleines comme des figues trop mûres menacent désormais de gicler à tout instant. Elle s'en rend compte et me toise d'un air de défi. Je sens qu'elle prépare un coup et ça ne rate pas : elle se crache sur le bout des doigts, se lubrifie l'anus avec sa salive, puis attrape un stick de colle sur le bureau et se le carre dans le cul, tout en continuant de se besogner le con avec le toner d'imprimante, qu'elle enfonce de plus en plus loin. Je pourrais m'amuser très intellectuellement de son effronterie, mais c'est trop tard : j'ai passé un seuil dans mon excitation, atteint le point de non-retour de ma bestialité, ce moment mystique où je renoue avec mes lointains ancêtres préhistoriques, où je ne suis plus qu'une bête, une queue, un gros animal autoritaire et fougueux asservi à ses pulsions. Je la contourne, l'attrape par les épaules et la force à s'allonger perpendiculairement au bureau. Ses jambes pliées dépassent d'un côté du bois, sa tête pend dans le vide de l'autre côté, bouche grande ouverte, prête à m'accueillir.

J'enfonce ma queue dans sa bouche en grognant « bouffe, salope », tandis qu'elle continue de s'enfoncer le toner dans la chatte et le tube de colle dans le cul. Remplie de partout, je l'entends gémir. Je tire son soutien-gorge vers le ventre pour libérer ses gros seins blancs, que je pince sans ménagement. Elle transpire, rougit, se met à crier, libère sa bouche de ma queue et gueule son orgasme en roulant des yeux de possédée.

Au prix d'un effort incommensurable, je parviens à me réincarner en homme civilisé et lui laisse un temps de répit. Elle reprend son souffle, m'embrasse, se relève, contemple d'un air satisfait les grosses taches de mouille qu'elle a laissées sur le bureau désormais désordonné de ma jeune collègue. On rigole comme des cons.

— T'as pas joui… elle me dit avec son air faussement désolé.

— En effet.

On quitte la pièce, direction la cuisine. On y mange le midi entre collègues, et la reconvertit en bar et buffet les soirées de lancement à la librairie. On y accède directement du fond de la boutique en poussant une porte en bois sculptée en forme de femme nue, façon saloon sexy. J'attrape une bouteille de blanc ouverte dans le frigo et en bois une belle gorgée à même le goulot, avant de la tendre à ma chère et tendre, qui m'imite. Un ange passe. Nous réfléchissons tous les deux au prochain lieu de nos ébats.

— On va à l'étage ?, elle me demande en fixant l'escalier qui part d'un coin de la cuisine.

— C'est tentant, mais il n'y a que des bureaux, là-haut. On pourrait certes baiser sur celui de Claude, mais baiser sur le bureau d'un éditeur de littérature érotique, niveau transgression, tu repasseras. On serait dans une succursale de la BNP, je dis pas, mais là…

— Et celui d'Anne ?

— C'est pas l'envie qui manque, mais elle me le pardonnerait jamais !

— Elle est pas obligée de savoir…

— Autant éviter de prendre le risque. Je préfère encore endurer la colère d'Attila que celle d'Anne qui trouve un de mes poils de bite lundi matin sur son bureau. Et puis des bureaux, on vient déjà d'en faire deux. Partout sauf dans un lit, ça veut pas dire sur tous les bureaux qui passent. Ça veut dire partout.

— Pas faux. L'escalier ?

— L'escalier.

Elle me précède, monte trois marches et s'agenouille sur la quatrième, coudes posés sur la cinquième, en accentuant à dessin sa cambrure naturelle déjà très insolente. Elle sait que le spectacle de son cul rond et charnu en offrande me rend fou, mais tourne quand même la tête vers moi pour s'en assurer. Ses yeux ne cherchent pas mon paquet, mais mes propres yeux.

— Baise-moi, elle me dit.

Je plie un genou au niveau des siens, maintiens l'autre jambe tendue deux marches plus bas, et m'enfonce dans sa petite chatte. Doucement. Je veux sentir mon gland hypertendu forcer ses parois internes millimètre par millimètre. Arrivé au bout, j'attaque de lents va-et-vient, dont j'accélère le rythme dans une progression régulière. Son cul moelleux accueille chacun de mes coups de reins dans un frémissement de chair excitant.

— Ah, ce cul, bordel, ce cul !, je m'entends dire.

On dit des amoureux au long cours qu'ils ont trouvé chaussure à leur pied, je dirai, pour ma part, avoir trouvé cul à ma queue. Encore que, niveau chaussures, la petite salope a de la ressource, mais je garde ça pour un autre texte à paraître dans un hypothétique *Osez 20 histoires de fétichisme.* Pour l'instant, je suis focalisé sur son cul. Comme chaque fois que je la prends en levrette, je me dis que je ne m'en lasserai jamais, qu'un cul pareil, c'est le meilleur remède contre l'infidélité. Quand tu as la chance d'en trouver un, tu consacres le restant de tes jours à tout faire pour le garder. Et quand tu l'as entre les mains en pleine action, tu essayes de te maîtriser pour ne pas jouir trop vite, pour prolonger du mieux que tu peux cet instant magique et sacré. Mais l'homme préhistorique à l'intérieur de moi ne l'entend pas de cette oreille : il veut cracher sa semence dans sa femelle en se moquant bien des ruminations lyriques de l'amoureux transi. Et la femelle se fait sa complice en m'attrapant les couilles par en dessous. Je sens le foutre monter à belle allure, et mon gland sur le point d'exploser. Mais puisque ce n'est pas ce que j'ai prévu, je m'arrête brusquement dans mon élan.

En route vers la libraire désormais presque totalement plongée dans l'obscurité. À travers la vitrine, la lueur des réverbères nous permet tout juste de distinguer les rayonnages, qui se détachent de l'espace de la boutique en gros volumes sombres. Je cherche un endroit où batifoler sans foutre le bronx, mais chaque centimètre carré de l'échoppe déborde de livres bien rangés. Reste la caisse, mais elle est trop haute pour y faire quoi que ce soit. Je m'allonge donc sur la moquette après m'être entièrement foutu à poil. Ma belle m'imite et sans un mot, chevauche mon sexe et m'enlace gentiment. Je lui laisse faire le boulot. Elle agite son cul moelleux le long de ma queue dans un va-et-vient langoureux et me galoche gentiment. Sans nous concerter, nous renonçons à proférer les saloperies qui nous excitent tant d'habitude, sans doute intimidés par les millions de mots crus qui sommeillent dans les livres rangés placidement dans la librairie qui sommeille. Le jour, une librairie érotique est un appel au vice : des milliers de livres aux couvertures aguicheuses font du gringue à une procession de clients suspects, et même quand ils ne le sont pas, le lieu, par nature, leur en donne l'air. Mais la nuit, c'est paradoxalement un peu comme une église : ça impose le respect et la timidité. Pierre Louÿs, Mac Orlan, Anaïs Nin, Sade, ce vieux cochon d'Esparbec et tant d'autres nous contemplent et nous intimident. Je jouis en réprimant mes grognements, de peur de les déranger.

Une semaine plus tard...

— Allez, à ton tour ! Te désiste pas, tu m'as promis !

Les yeux fermés, je laisse courir mon doigt sur la rangée de « Osez ». Je prends mon temps, essaye de calculer où j'en suis dans l'ordre alphabétique d'auteurs que je connais presque par cœur dans l'espoir de tomber sur le bon livre. Mais je me perds, hésite à tricher en entrouvrant les yeux, y renonce et finis par élire un livre au hasard.

Elle s'en empare, éclate de rire et me dit d'ouvrir les yeux.

— Tu as choisi *Osez dresser votre mari*, d'Octavie Delvaux !

Et merde…

Abbesses

Anne de Bonbecque

Stefano et moi avions commencé à flirter un soir de fête. Je le connaissais de réputation. Une de mes amies qui jalousait mon succès auprès des hommes m'en avait longuement parlé, provoquant ce qu'elle redoutait le plus, qu'il ne me résiste pas alors qu'il ne savait pas vraiment qui elle était dans la nébuleuse des jeunes camarades de sa cousine Caroline.

Stefano, en effet, était le cousin italien de Caroline, une fille de la même promotion que nous. Caroline avait un beau visage mais n'entretenait pas du tout sa silhouette, c'était fort dommage. Mais Stefano, âgé de quelques années de plus que nous, m'apparut tout à fait sexy, bien qu'étonnamment blond pour un Italien – j'ai toujours préféré les bruns.

Ce soir-là, mon amie Béatrice comptait bien mettre Stefano dans son lit. Comme je suis bonne joueuse, je l'ai laissée faire son numéro – un désastre prévisible, qui ne pouvait que me rendre plus douce et désirable aux yeux de ce séducteur de pacotille.

Pour prendre confiance en elle, une dizaine de pintes furent nécessaires à mon amie Béatrice. Elle courait à la catastrophe. Enfin, elle disparut dans les toilettes après lui avoir arraché un baiser carnassier. Lui minaudait, faussement troublé, et ostensiblement fier de vérifier ses charmes auprès d'un groupe d'étudiantes.

Béatrice ressortit du lieu où, sans doute, elle avait vomi. Son visage fraîchement fardé brillait d'une lueur grotesque : trop de rouge à lèvres, trop de poudre sur les joues pour tenter de masquer la vérité : il était grand temps de rentrer se coucher.

Mon binôme, Dolorès, qui s'amusait de cette bataille autour de ce garçon qu'elle éconduisait depuis des semaines, réussit à trouver un taxi qui accepta de raccompagner la malheureuse Béatrice, pourvu qu'elle conserve un sac plastique près d'elle.

Il ne restait plus que Do et moi autour de la cible. Et à mon grand désarroi, Do ne retournait pas chez elle. D'un pas joyeux, nous gagnâmes tous les trois son domicile, qui, comme par miracle, ne se situait qu'à quelques minutes du troquet où nous avions abandonné une somme colossale – sans que Stefano offre la moindre tournée. En diva, il préférait largement être invité par les minettes gâtées des beaux quartiers que nous étions.

Son studio m'apparut bien sordide. À vingt-huit ans, comme de nombreux provinciaux à Paris, il n'avait pas de situation et enchaînait les jobs.

De sa fenêtre vétuste, nous guettions l'ouverture de la boulangerie pour soulager nos estomacs meurtris par le mauvais alcool. Il se formait dans l'attente un huis clos infernal : la brune et la blonde, ennemies mais complices au jeu de l'étourdissement, et lui, s'imaginant être très manipulateur, maîtriser cette situation où, inéluctablement, les deux écervelées de vingt ans finiraient dans son lit.

Bien entendu, il ne se passa rien ce matin-là. Rien, même pas le réconfort gras et chaleureux des croissants, Dolorès décidant de partir avant l'ouverture de la boulangerie, nous laissant seuls, assumant ce doute qu'elle n'évoqua jamais en ma présence : avions-nous couché ensemble ce jour-là ? Eh bien, non. C'est ainsi que débuta mon histoire avec Stefano, parce que précisément, nous nous étions abstenus ce jour-là. Sans quoi, le dossier aurait été refermé, il n'y aurait pas eu lieu d'en reparler.

Il m'invita à me coucher dans son lit, afin que nous nous reposions un peu. Je lui tournais le dos, présentant une cambrure exagérée des plus suggestives, une promesse de bonheur qu'il ne sut jamais appréhender comme telle. Stefano n'était pas un homme d'esprit, ni même un homme de cœur.

Au lieu de me saisir, de baisser son pantalon de pyjama et d'arracher le caleçon noir qu'il m'avait prêté et me porter l'estocade finale, il mimait des caresses du bout des doigts sans m'effleurer vraiment. Cette étreinte adolescente, très ignorante des rites de copulation d'usage entre adultes consentants, me souleva le cœur d'une émotion sensuelle enfouie sous les années et les brutalités des amants de passage trop pressés.

Je ne le voyais pas, mais je pouvais sentir ses gestes, feignant l'obscène sans l'être. Je n'avais qu'à bouger de quelques millimètres et le contact tant espéré se serait produit. Au lieu de cela, je restais immobile, savourant cette chaste esquisse des prémices, trempant le caleçon malgré moi, ne pouvant pas contrôler les réalités physiologiques.

Je n'étais pas amoureuse, bien sûr, mais dans le silence de l'appartement, j'ai cru l'être un instant. Le caleçon mouillé qu'il avoua avoir respiré avec passion peu après mon départ prouvait bien que j'avais confondu cœur et bas-ventre.

Je rêvais de savourer une journée de langueur à ses côtés dans ce petit appartement minable, mais on m'attendait à un déjeuner de famille, auquel j'arrivai défaite, épuisée, mais néanmoins avec un sourire épanoui, guettant le moindre signe de vie de Stefano, ronds de fumée ou pigeon voyageur qui n'arrivèrent pas jusqu'à moi.

À table, je n'écoutais pas les reproches de la grand-mère acariâtre, mais élaborais un plan pour retrouver Stefano dès la nuit venue et le violer sur le pas de la porte. Le minet sachant bien se faire attendre, il ne trouva aucune disponibilité pour moi. Et je ne pouvais pas le presser, car il ne s'était rien passé. Je devais me montrer curieuse de cette relation naissante, sans dévoiler totalement mon projet d'adoration de son sexe pendant des heures, des jours, des mois, et toute la vie si Dieu le voulait.

Stefano aimait cultiver le mystère. Au fil des jours, les messages s'espaçaient, il laissait entendre qu'il était très occupé. Je devinais que ses secrets n'étaient que de petits mensonges qui participaient au personnage chimérique qu'il s'inventait – rare et précieux comme le diamant aux multiples facettes –, mais n'était hélas qu'une contrefaçon.

Stefano des Ardeurs passait-il le plus clair de son temps à rêver, fantasmer, peindre des odalisques ? Si seulement ! Mon Stefano de l'imaginaire, au fil des jours, devenait une créature mythique, à la poésie boueuse et capiteuse des satyres et des nymphes.

Cependant, l'image de la sirène Stefano se dissipa comme une petite brume, jusqu'au jour où il refit surface sans raison apparente. Malgré mes espoirs déçus le concernant, il maniait l'effet de surprise, telle la pin-up sortant d'un gâteau meringué d'anniversaire.

Je ne m'enthousiasmai pas, le remerciant de prendre de mes nouvelles et l'assurant que je lui donnerai mes disponibilités pour « boire un verre » – ce que je ne fis jamais, jusqu'à un soir d'été où finalement, je le rejoignis dans le Marais.

Je rentrais tout juste d'Italie, la peau satinée et ferme. Je me pointai au rendez-vous avec une petite robe bustier blanche et des escarpins très hauts. Je vis à ses yeux écarquillés que ma tenue produisait l'effet escompté. En revanche, même si j'étais flattée de lui plaire, la réciproque n'était pas vraie. Il était moins beau que dans mon souvenir, et pire encore, sa conversation brillait d'insipidité. Je pris alors conscience, le regard noyé dans mon verre de pinot noir, que nous n'avions jamais parlé, et que précisément, c'était là mon erreur. Je lui avais prêté une imagination et un esprit dont il n'avait jamais été doté par les bonnes fées ou dame nature.

De ce dialogue poli et conventionnel dont nous connaissions tous les deux l'unique enjeu, j'ai tout oublié, sauf ses questions sur les plages italiennes. (Je fus choquée qu'il m'imaginât à la plage quand l'Italie compte les plus somptueux musées, sans parler des bouleversantes tombes étrusques de Tarquinia.)

De ce qui suivit l'étape obligatoire du verre, mes souvenirs sont intacts. J'avais, comme souvent les nuits d'été, très envie de marcher. Je le baladais donc au travers de Paris, constatant un brin amusée ses limites physiques.

Montmartre, destination de son choix — l'inconscient ! — a pour avantage ses belles pentes et ses rues escarpées. La balade romantique tourna au marathon, jusqu'à ce qu'il me rappelle à la luxure, qui était la finalité première du verre, de la marche et des banalités.

C'est au métro Abbesses qu'il se transforma enfin en satyre, sans doute parce que l'heure avançait et qu'il fallait conclure. Je pensais prendre le métro et rentrer, mais il m'entraîna dans une impasse peu passante avec des maisons et des jardins.

Dans un excès théâtral de virilité, il me souleva et me reposa sur le rebord d'un muret soutenant une grille. Pour éviter la chute, je dus m'accrocher à cette dernière, fraîchement repeinte, sur laquelle aujourd'hui encore (j'ai vérifié) sont imprimées mes empreintes digitales, et l'enlacer avec mes jambes, pour trouver un autre appui.

Il m'embrassa enfin, avec une folie et une légèreté très spécifiques, de celles qui arrivent à faire fi de l'aspect solennel et angoissant de l'instant. Cela correspondait probablement à son état d'esprit sans lendemain ni futur, contrairement au mien qui visait sans cesse l'infini.

Infinie ou non, la violence de son désir me secoua aussi fort que notre chaste matinée ensemble. Il prononça une phrase puant le narcissisme et le mépris. Excitée comme un petit animal frustré, je n'en saisis par la portée, seulement le détonateur : *« Alors, tu me veux. »* Il n'était pas satyre, mais nymphe. Non, non, c'était lui qui me voulait ! Mais ici et maintenant, suspendue à une grille et à son désir, je l'ai voulu et il m'a prise. Il enleva très vite ma fine lingerie qu'il rangea dans sa poche, tout en libérant son sexe du même geste.

Un sexe, le terme reste imprécis. Dans son cas, il faut des qualificatifs élogieux : énorme, incroyable, extraordinaire, star des vestiaires, vedette des douches. Sans doute ses amis l'avaient-ils subtilement surnommé « Anaconda ». Non, jamais je n'avais vu, sauf le dieu Priape, un tel cadeau de la vie. Nécessairement, avec un tel attribut, il était plus ou moins gigolo, ce qui expliquait son comportement face à l'argent, et ce désappointant *« tu me veux »*, comme s'il allait s'offrir gratuitement pour une fois.

En me pénétrant ainsi, suspendue à la croix de ma passion, comparable à quelques œuvres statuaires blasphématoires, j'étais la vierge livrée au centaure. Son priapisme juteux enflait autant que mes lèvres inférieures, qui voulaient libérer de longues dents acérées et le dévorer tout cru pour se repaître.

Mon ventre vrillait, les spasmes s'accéléraient, si bien que je ne savais plus au juste qui de lui ou de moi menait la cadence. Nous formions un monstre érotique, défonçant la grille de ce jardin des Abbesses, ou bien entendu, des passants photographiaient et filmaient la scène. Des touristes se demandaient s'il s'agissait là d'une performance en rapport avec Pigalle, quelques mètres plus bas, et à combien s'élevaient mes honoraires !

Nos saturnales, bien qu'en plein Paris, ne manquaient pas d'exotisme. Il faisait chaud, le jardin contenait des petits arbres tropicaux qui s'épanouissaient là en pleine pollution, Stefano était une caricature d'Italien, moi celle d'une pin-up américaine des années 40, le cul zébré de peinture verte, en fâcheuse posture, éventrée par une protubérance mythologique. Il pensait être le maître déguisé en esclave de mon plaisir, j'espérais être la reine livrée comme une esclave au sacrifice de Priape.

Stefano n'avait rien d'un génie et ne connaissait pas les Saturnales, mais il était, comme le cheval de génie de *L'Homme sans qualités* de Robert Musil, un amant de génie. Il ne m'avait pas fait l'amour dans un lit, mais avait pressenti les délices possibles contre cette grille de jardin, dans cette ruelle-là, en plein quartier touristique. Il était exhibitionniste, et le fait d'être regardé par des badauds bien plus gênés que nous décuplait sa fougue. Mon dos tapait contre le fer malgré mes efforts pour rester tendue vers lui. Il grognait comme un fauve réjoui, j'essayai de retenir mes cris de plaisir.

Il m'offrait du sexe rapide, brutal, animal, comme j'en avais toujours rêvé. Il faisait son grand numéro pour moi, ou bien répétait-il pour une autre. Qu'importe !

Au loin, je voyais les fêtards s'engouffrer dans la bouche du métro, tandis que cet être à la sensualité vaporeuse se perdait en moi, laissant les preuves de sa jouissance couler sur mes cuisses salies de nos fluides divins.

Par chance, il eut le réflexe d'apercevoir des policiers au loin, me décrocha de mon autel improvisé et m'emporta jusqu'au métro. Il avait joui et était revenu sur terre, mutique, quand je batifolais encore en plein âge d'or et transpirais les effluves de l'amour.

Après ce bel épisode des Abbesses, nous avons récidivé à Saint-Paul, mais sans grand succès, si bien qu'à la longue, nous n'avons plus cherché à nous revoir, occupés par l'éternel automne, l'hiver d'exil et surtout, nos amours fictives : d'un côté, sa vie rêvée, de l'autre, mes vrais rêves.

Le réel, âpre et laid, me rattrapa, et mes ambitieux projets amoureux avortèrent bien vite dans une chute accélérée par sa consommation excessive de mauvaises séries télévisées et d'un fond de déprime lancinante de capricorne buté.

À GRANDE VITESSE

Clarissa Rivière

L'ambiance est particulièrement calme dans le train en ce milieu de semaine. Sandrine est soulagée, elle va pouvoir écrire tout son soûl. Elle s'installe avec satisfaction devant son ordinateur portable avec la ferme intention de travailler. Le voyage dure cinq heures, cela lui donne largement le temps d'écrire un premier jet.

Sandrine écrit des nouvelles érotiques et souhaite participer au dernier appel à textes de la collection « Osez 20 histoires ». Le thème lui semble tout particulièrement destiné : partout sauf dans un lit. Il s'agit de son fantasme préféré entre tous, elle ne cesse de harceler ses amants pour qu'ils la prennent partout et en tous lieux. Baiser sous la couette, c'est bon pour les couples bourgeois, monsieur et madame s'ennuient dans le lit conjugal et se tripotent par habitude chaque samedi soir… Tout pour ne pas sombrer dans cette routine insupportable.

Sandrine laisse son imagination vagabonder au gré de ses souvenirs. Des images défilent dans ses pensées, des plages, des forêts, des portes cochères surgissent et s'évanouissent, aussitôt remplacées par d'autres terrains de jeux. Sandrine se souvient aussi de marches d'escalier, de l'arrière d'une voiture, de la cuisine… autant d'étreintes rapides, à la hussarde, se prêtant peu à une longue histoire. La jeune femme repousse ces pistes les unes après les autres en soupirant. Une idée finit par s'imposer, effaçant toutes les autres. Bientôt, ses doigts pianotent nerveusement sur le clavier, galopent tels des pur-sang, emplissant toute la voiture du cliquetis des touches. L'histoire prend vie. C'est l'été, deux amoureux ont rendez-vous dans un jardin public et le pique-nique romantique prévu dégénère peu à peu. Elle s'allonge sur lui, sa longue jupe gitane camoufle les manœuvres de l'homme qui ouvre sa braguette et dégage son sexe. Il fourrage de ses mains, de son membre, entre ses jambes nues, écarte sa culotte et la pénètre au milieu du brouhaha des familles assises à quelques mètres d'eux. Soudain, le gardien du parc s'avance à grands pas.

Un raclement de gorge l'interrompt brusquement.

— Mademoiselle, je peux voir votre billet, s'il vous plaît ?

Le contrôleur. Jeune et charmant… pour une fois, songe Sandrine. Sa contrariété passagère disparaît. Elle se redresse et fouille frénétiquement son sac, se sentant coupable de le faire attendre. Il la rassure, devinant son inquiétude.

— Prenez votre temps, il n'y a presque personne… je sais comment sont les sacs des dames ! la taquine-t-il.

Les joues rouges, Sandrine lui tend son billet enfin retrouvé. Le jeune contrôleur l'examine attentivement. Il cherche visiblement un sujet de conversation pour prolonger ce moment. Son regard s'arrête sur l'ordinateur posé sur la tablette. Il plisse les yeux et tente de lire l'écran.

— Vous êtes en train de travailler ? Dans quel domaine ?

Sandrine lui répond de bon cœur, contente de faire une pause. Elle reste évasive sur le contenu de ses écrits et pique la curiosité du contrôleur. Une discussion animée s'engage entre les deux jeunes gens.

— Je vais devoir continuer mes contrôles, regrette le jeune homme, mais j'aurai vite terminé aujourd'hui. Je vous propose de prendre un café au bar ensuite ? Je repasse dans vingt minutes, d'accord ? Je m'appelle Laurent !

Sandrine accepte d'un grand sourire et se présente à son tour, enchantée de cette rencontre imprévue qui égaye son voyage. Elle profite de son départ pour s'arranger de son mieux, renonçant à dompter sa chevelure rebelle perpétuellement emmêlée. Parfumée, légèrement maquillée, sans son gros pull ni ses lunettes, elle se tient prête à tout.

Laurent ne tarde pas à revenir, un peu essoufflé d'avoir bâclé sa tournée si rapidement, trop pressé de retrouver cette jeune femme séduisante.

— Venez, je vous emmène !

Ils enchaînent les cafés, heureux de faire connaissance, de se découvrir et de se plaire. Le regard de Laurent plonge souvent dans le décolleté de Sandrine, qui s'en amuse et se penche un peu plus vers lui. La jeune femme se sent libre, seule enfin, pour quelques heures où tout est possible. Ils échangent des regards lourds de sous-entendus et se comprennent. Laurent s'enhardit, pose sa main sur celle de Sandrine et la presse doucement. Ils ne se parlent plus, se regardent intensément, les yeux dans les yeux. Laurent caresse et masse la petite main, remonte ses doigts le long du bras si fin. Sandrine se laisse faire et s'abandonne, ravie de cette parenthèse hors du temps. Il s'approche de son oreille, écarte ses mèches de cheveux, et chuchote :

— Ça te dirait de visiter la cabine de conduite ? Le conducteur du train est un ami sur ce trajet… tu veux bien que je te tutoie ?

Sandrine acquiesce, les yeux brillants d'excitation. Une cabine de pilotage de TGV, voilà un décor d'exception qui pourrait l'inspirer et lui donner un nouveau souffle… Laurent s'empresse d'envoyer un texto à son collègue. Joueur, il lui adresse un clin d'œil et la provoque :

— Qu'es-tu prête à m'offrir en échange ?

Ce contrôleur est décidément trop mignon avec ses cheveux bruns pleins d'épis, son regard espiègle et son grand sourire. Sandrine serait d'accord pour le suivre sans condition, mais elle décide de le faire marcher un peu.

— D'abord, il te faut tenir ta promesse !

Laurent se lève, bien décidé à lutter contre sa timidité et vivre cette belle aventure à fond.

— Au prochain arrêt, juré ! Tout est arrangé, mon ami est d'accord ! Pour l'instant, ce n'est pas possible, car il faut descendre du train pour rejoindre la cabine de conduite. En attendant, je t'invite à me suivre… viens, nous serons plus tranquilles dans l'espace bébé.

Craignant de l'avoir choquée, il ajoute, un peu gêné :

— Oh, il ne manquera à personne, tu sais, je n'ai vu aucun bébé, et c'est plus propre que les… enfin, tu vois ce que je veux dire…

Sandrine étouffe un fou rire nerveux et le suit dans la pièce minuscule équipée seulement d'un lavabo et d'une table à langer. L'étudiante sage s'efface et laisse la place à une jeune fille libre et sensuelle, le temps du voyage. Elle regarde Laurent droit dans les yeux et se tient à sa disposition. Le jeune homme déboutonne fébrilement son chemisier. Ses mains moites explorent directement son soutien-gorge pour attraper ses seins à pleines mains, les caresser, les broyer dans son empressement et son désir. Le léger cri de Sandrine le ramène à la raison.

Le temps presse. Le feu aux joues, le désir exacerbé par les seins magnifiques qu'il pétrit sans retenue, fou de cette inconnue qui s'offre à lui en toute impudeur, Laurent n'hésite pas. Il appuie sur ses fines épaules en lui adressant un sourire en coin, l'invitant à se baisser. Plus bas. Il n'a aucun doute sur ses attentes.

Sandrine lui sourit en retour et s'exécute. Elle s'agenouille et entreprend de défaire la ceinture de Laurent. D'un geste sûr, elle fait tomber le pantalon et le slip du garçon sur ses chevilles. Elle pose ses mains sur ses fesses nues, les palpe, savourant leur fermeté, avant de saisir délicatement le pénis entre ses mains. Sandrine en profite pour satisfaire sa curiosité ; elle a rarement l'occasion d'en voir en plein jour, en gros plan. Elle le manipule doucement, le regarde et l'admire. Elle est fascinée par ses fines nervures, sa couleur rose foncé, sa façon de palpiter au creux de sa main et de se tendre vers elle avec une volonté propre. Laurent l'encourage en caressant ses cheveux avec tendresse avant d'appuyer plus franchement sur sa tête, exaspéré d'être effleuré si doucement. Qu'elle s'exécute enfin, elle finit par le rendre dingue. Il enfouit ses mains dans ses cheveux et les tire en arrière pour bien dégager sa bouche et la regarder, mêlant le plaisir des yeux à celui de la fellation.

Sandrine s'amuse de son pouvoir et fait durer le plaisir, fière de sentir l'excitation du jeune homme. Elle caresse son membre en le pressant légèrement, observe ses réactions, apprécie sa texture, avant d'accepter de le porter à ses lèvres. Elle commence par le butiner de baisers, le lécher du bout de la langue, et finit par le prendre tout entier dans sa bouche. Enfin. La sensation est si affolante que Laurent doit faire appel à toute sa volonté pour retenir son plaisir. Il veut profiter de ce cadeau du ciel, le plus possible, et fait aller et venir son sexe dans la douce bouche de Sandrine en serrant les dents et contrôlant son excitation. La jeune fille s'applique de son mieux, elle le suce maintenant avec ardeur, le sentant proche de l'orgasme. Ses mains quittent les fesses musclées pour s'aventurer autour du sexe du jeune homme et caresser les boules duveteuses qu'elle masse et fait rouler entre ses doigts.

C'en est trop pour le jeune homme. Plaquant la tête de Sandrine contre son ventre, il jouit dans le fond de sa gorge, l'inondant dans son impatience. Sandrine rit sous cette pluie tiède d'été, une véritable averse tropicale, qu'elle tente de boire jusqu'à la dernière goutte tant son goût sauvage, animal, son parfum de forêt humide lui plaît. Elle s'en régale et laisse glisser le sexe de Laurent de ses lèvres à regret. Elle continue à le lécher partout, d'une langue gourmande, et recueille les dernières gouttes de lait qui perlent encore. Laurent, comblé et confus, se confond en excuses et tente maladroitement d'essuyer le visage tout maculé. Le sourire de la jeune fille et sa mine réjouie le rassurent. Mais Sandrine n'est en rien calmée par ces préliminaires intenses, son désir intact menace de la rendre folle.

Déjà, le train ralentit. Les haut-parleurs annoncent l'arrêt en gare de S***. Les deux jeunes gens se rhabillent précipitamment.

— On descend ! annonce Laurent, nous allons dans la cabine de conduite. Tu es attendue.

Il la présente au conducteur, Yves. Sûrement un grand séducteur, avec son air ténébreux de mauvais garçon et ses joues mal rasées. Il accueille Sandrine d'un sourire malicieux et la jauge des pieds à la tête, ignorant Laurent qui poursuit son bavardage.

— Yves, je te la confie. Je dois vous laisser, j'ai une nouvelle tournée de contrôle des billets à assurer. Soyez sages ! Yves, tu n'oublies pas de regarder les panneaux de signalisation quand même !

Laurent s'en va sans attendre sa réponse. Il aurait tant aimé rester. Et regarder. Il n'est pas dupe, connaissant son ami et l'état dans lequel il a très égoïstement laissé Sandrine, ces deux-là ne vont pas s'ennuyer !

Yves considère Sandrine, la jolie proie qui vient d'être jetée toute crue dans ses griffes. Il ne lui dit rien et s'amuse de son embarras en prolongeant son silence. Ses joues roses, ses cheveux emmêlés, ses yeux baissés ne prouvent qu'une chose : elle a dû bien s'éclater avec ce coquin de Laurent. D'ailleurs, le drôle ne s'est pas attardé, inquiet d'être percé à jour peut-être... En attendant, lui va se faire un plaisir de percer autre chose ! La demoiselle va vite comprendre que Laurent c'est de la rigolade à côté de lui. Elle a l'air toute nerveuse, elle se mordille les lèvres, tortille ses cheveux. Laurent n'a pas dû réussir à la faire jouir et la lui livre, toute chaude et affolée, s'étant longuement servie d'elle d'après les taches blanchâtres qui ornent son col de chemisier.

Yves joue les indifférents, cache son trouble, et fait semblant de ne rien remarquer. Il commence un véritable cours sur le pilotage du TGV, d'un ton docte et professoral, tout en s'activant aux commandes. Il devine son parfum, perçoit la chaleur et la moiteur de son corps en la frôlant. Ses pensées s'enflamment et son sexe se soulève lentement. Le train repart, prend de la vitesse. Il est lancé, Yves va pouvoir s'occuper de sa visiteuse.

Sandrine écoute d'une oreille distraite les explications, obnubilée par les grandes mains de son professeur et sa voix chaude. Elle désespère d'attirer son attention. Il ne pense décidément qu'à son engin, rien ne semble pouvoir interrompre le flot technique qui sort de sa bouche.

Sandrine n'y tient plus. Sous prétexte de s'intéresser de plus près aux boutons et manettes, elle s'avance et touche sa jambe de la sienne. Yves dévoile alors ses projets en l'attirant contre lui et l'entourant de ses bras. La voilà prisonnière. Devant elle, le panneau de pilotage – « Le pupitre de conduite », précise Yves – et la grande baie vitrée où le paysage se précipite sur eux à une vitesse vertigineuse. Derrière elle, Yves, l'enserrant dans ses grands bras, ses mains de bûcheron posées sur le rebord du pupitre. Son bas-ventre se colle un peu plus contre son dos, Sandrine peut à présent sentir entre ses jambes le sexe de l'homme durcir de plus en plus, se lever, la chercher. Elle frissonne et attend, pantelante et anxieuse. Il lui fait un peu peur. Il n'est pas tendre et inexpérimenté comme Laurent. C'est un homme, un vrai, et elle se trouve sous son emprise.

Sandrine appréhende d'être prise ainsi, par-derrière, trop fort peut-être. Elle tente de se retourner pour se blottir dans ses bras et éviter la position redoutée, mais il l'en empêche d'une main ferme. Sans la laisser reprendre son souffle, la maintenant toujours d'une poigne de fer, il fait glisser sa jupe et sa culotte sur le sol. Sandrine sent sa volonté s'anéantir devant une détermination aussi implacable. Des mains déterminées pèsent sur sa nuque, sa taille, la forçant à se plier. Sandrine renonce à résister et ploie docilement. Elle s'appuie sur le pupitre, s'y couche à demi, prenant garde à n'appuyer sur aucun bouton. Yves retire son pantalon et son boxer en un tour de main. Libérée un instant, Sandrine n'a pas saisi l'occasion de s'enfuir, de se retourner ou de se rajuster. Elle n'a pas bougé et se tient à sa merci, paralysée, les fesses nues, offertes. De belles fesses blanches bien rebondies, entrouvertes, laissant deviner son joli sexe. On aperçoit à peine ses lèvres intimes dépasser. Yves se retient de la pénétrer aussitôt tant ce spectacle lui plaît. Une vision de rêve dans son habitacle mécanique, ce décor électronique pour garçons. Il flatte les fesses d'une caresse légère avant de les réchauffer de quelques claques sonores. Sandrine pousse un cri.

Sans lui laisser le temps de protester, profitant de l'effet de surprise, il introduit son sexe entre ses jambes en quête du sien. La jeune voyageuse est tellement mouillée qu'il y disparaît aussitôt, aspiré. Le jeune homme respire largement, se force à rester immobile, résistant à l'excitation qui le gagne, et commence à bouger lentement. Il n'accélère ses mouvements qu'une fois sûr de lui, habitué à la délicieuse chaleur humide du sexe de la jeune fille, où il se sent bien serré. Il prend ses hanches pour la presser plus fort contre lui, se permet une nouvelle tape sur ses fesses au passage, et va et vient profondément en elle, l'ébranlant à chacun de ses assauts, la faisant chanter divinement.

Lancé à une vitesse fulgurante, le TGV bouge à peine, vole plus qu'il ne roule. Ses oscillations accompagnent le mouvement des deux corps soudés. Un étrange silence règne, troublé seulement par le souffle rapide d'Yves et les gémissements de Sandrine.

Yves regarde le paysage sans le voir, son inconscient reste attentif malgré lui aux panneaux de signalisation qui clignotent à son intention. Il baise cette inconnue avec force, ses mains se cramponnent toujours à ses fesses, les écartent peu à peu. Il se surprend à rêver de la prendre autrement, il serait mieux serré encore entre ses fesses, là, dans cet étroit fourreau. Plus tard, il n'est plus temps. Il connaît par cœur ce trajet et reconnaît à certains bâtiments leur arrivée imminente. Yves a envie de penser à Sandrine, de lui donner du plaisir, de compenser l'égoïsme de Laurent pour continuer à jouer avec elle. Ses mains quittent ses fesses et viennent caresser son mont de Vénus recouvert d'une courte toison bouclée. Elles se promènent sur ses grandes lèvres si douces, les caressent délicatement, explorent. Yves voudrait les mordre, les croquer, boire son nectar de fille. Ses doigts remontent vers son clitoris, sagement à l'abri des petits plis de chair, et veillent à le dégager avec précaution. Yves sait combien les femmes sont sensibles. Il l'effleure de son doigt mouillé, le touche à peine, et pourtant Sandrine réagit déjà, respire plus vite et gémit en continu. Elle se tord bientôt de plaisir et manque s'effondrer sur le sol. Bouleversé par la force de sa jouissance et ses cris si touchants, Yves se laisse entraîner lui aussi ; il jouit longuement en elle, s'arc-boutant à sa croupe, ses mains agrippées à la fourrure de son sexe.

Il était temps. La gare de C*** est annoncée. Yves reprend aussitôt ses esprits et se remet vivement aux commandes, à peine son pantalon enfilé. Déjà, le train freine et s'arrête. Sandrine rassemble ses affaires et se rhabille en hâte. Elle n'a plus qu'une idée en tête, retrouver son ordinateur et tout raconter. Yves tente en vain de la retenir, la jeune écrivaine s'envole déjà, légèrement confuse de se montrer si ingrate.

Elle a fait l'amour avec un conducteur de train et sa machine, prise durement en sandwich entre l'homme et son engin de métal, cet immense phallus lancé à une vitesse folle. Elle a ressenti les coups de boutoir de l'un et les ondulations de l'autre. Grisée par la course, elle a joui comme jamais, les yeux grands ouverts sur le paysage fonçant sur elle à toute allure. Comment imaginer retourner dans un lit après une telle expérience ! En tout cas, elle tient sa nouvelle érotique, et il lui reste tout juste deux heures pour la rédiger. Elle sent ses doigts fourmiller d'impatience, des mots, des phrases entières se forment, s'impriment dans son esprit, lui intimant d'écrire sur-le-champ, en un désir impérieux aussi fort que celui ressenti un peu plus tôt.

Où c'est qu'on peut baiser ?

Adrien Carel

Antoine et Charlotte profitent d'une des dernières belles journées de septembre pour entretenir le jardin. Lui tond la pelouse, elle taille les rosiers.

Ils ont emménagé au Clos des Bergeronnettes voilà bientôt un an. Quand l'occasion dont ils rêvaient s'est présentée. Une petite maison sur deux niveaux plantée dans un terrain en pente cerné d'arbres et d'arbustes. Cette ceinture verdoyante leur donne l'impression de vivre en pleine nature. Ils s'y sentent libres.

La veille, Charlotte a fêté son anniversaire. Trente ans, ça compte ! Ils ont dîné en amoureux dans un restaurant gastronomique et, comme ils sont l'un et l'autre portés sur le sexe, se sont offert une partie de jambes en l'air. Cette dernière, trop courte à leur gré, leur a laissé depuis le réveil un goût de revenez-y.

Arrivé près des rosiers, Antoine stoppe la tondeuse. Sa femme s'essuie le front du revers de la main, le regarde descendre maladroitement de la machine.

— Je ne sais pas si c'est à cause des trépidations, lui confie-t-il comme s'il s'agissait d'un secret, mais j'ai envie de te baiser…

Amusée, elle baisse les yeux au niveau de son bas-ventre.

— Oh ! Ça ne se voit pas encore, reprend-il, mais coquette commence à remuer.

Elle retire son gant de jardin, palpe minutieusement sa braguette.

— C'est exact, annonce-t-elle gravement, ça bouge là-dedans !

La manœuvre a vite fait d'accélérer l'érection. Par-dessus le pantalon, elle empoigne la queue qui tend le jean. Antoine propose :

— Il faut faire quelque chose sinon je vais mourir d'apoplexie. Si on allait dans la chambre ?

— Et pourquoi pas sous la pergola ? rétorque-t-elle, c'est plus près…

À peine ont-ils franchi la retombée du chèvrefeuille qui dissimule la pergola aux yeux d'éventuels curieux que Charlotte ouvre le jean de son mari, écarte son slip. La verge, brusquement libérée, se dresse d'un seul coup.

— Mmmh ! soupire-t-elle en la pressant tendrement dans le creux de sa paume, tu tiens la grande forme…

Puis elle ajoute plus bas :

— Ça me donne envie…

Antoine fourrage sous sa jupe, descend brutalement sa culotte. Elle se tortille, regimbe :

— Aïe ! Tu me tires les poils !

Pour se faire pardonner, il plonge deux doigts dans sa fente moelleuse, la trouve déjà moite, brûlante. C'est ça qui l'enchante chez elle, sa faculté de mouiller très vite. Il hasarde le bout de l'index à l'orée du vagin. Le bassin de Charlotte ondule, elle cambre les reins, murmure sourdement :

— Oui ! Caresse-moi d'abord un peu comme ça. Ensuite tu t'assiéras sur le banc et je viendrais sur toi…

À cet instant, une voix toute proche clame à la cantonade :

— Ohé Antoine ! Ohé Charlotte ! Où est-ce que vous vous cachez ? Je vous apporte des bulbes de jonquille…

Paul, leur voisin, est du genre adorable mais envahissant. Sous prétexte de leur donner un coup de main au jardin, il entre chez eux comme dans un moulin, en profite généralement pour faire un brin de causette. Ils ne lui échapperont pas. Charlotte remonte prestement sa culotte, retape sa jupe, Antoine se rajuste à la hâte.

Un quart d'heure plus tard, ils se retrouvent les bras encombrés de barquettes remplies de bulbes à repiquer. Paul est parti. En prime, ils ont eu droit à un exposé complet sur la plantation des jonquilles et les soins à leur fournir. Un accès de fou rire les secoue à l'idée qu'il aurait pu les surprendre en pleine action. Lui si coincé !

— Qu'est-ce qu'on fait, maintenant ? demande Antoine, on va dans la chambre ?

— Il faut d'abord ranger ces trucs-là ! lance Charlotte en désignant les barquettes d'un mouvement de tête.

— D'accord… et ensuite on remet ça ?

Elle approuve avec entrain, se dirige vers la cave. Il la suit, le regard rivé sur sa croupe qui tangue de droite à gauche. Elle trémousse cette dernière de façon si provocante qu'il ne résiste pas à l'envie de la flatter de la main.

— Si tu continues à m'allumer comme ça, je vais te violer !

— Chiche ! fait-elle en pressant le pas.

La prenant au mot, il se précipite, l'enlace par-derrière, la pousse sans ménagement dans la cave, referme la porte d'un coup de pied. Portant à moitié la jeune femme qui se débat en riant, il l'assoit sur la machine à laver, arrache sa culotte. Charlotte n'a pas le temps de souffler qu'Antoine fourre déjà son museau entre ses cuisses.

— Ôôôh ! soupire-t-elle, ôôôh oui… bouffe-moi le bonbon…

Il s'y emploie sans perdre une seconde. Lèche bruyamment la faille gorgée de jus comme un chien lape son écuelle. Sous ses paupières baissées, elle l'observe en retenant les gémissements qui lui montent aux lèvres. C'est ce qui lui plaît chez lui. Sa fantaisie toujours renouvelée.

Quand ses lèvres se referment sur son clitoris, elle s'ouvre davantage. Il en profite pour faufiler un doigt entre ses fesses et taquiner son anus du bout de l'ongle.

La succion devient si insistante qu'elle finit par lui arracher une plainte. Le doigt s'insinue lentement dans son derrière, elle murmure :

— Oh ! oui, oui… tu vas me faire jouir…

Galvanisé, il redouble d'ardeur. Soudain, une voix claironnante retentit :

— Hé bien les enfants ! Qu'est-ce que vous faites ?

Et Nathalie, la mère de Charlotte, apparaît en haut de l'escalier. Réalisant la situation du couple, elle se fige sur place. Confuse, elle détourne les yeux, se met à parler à toute vitesse d'une voix qui dérape dans les aigus :

— Je suis passée par la porte de la rue des Noisetiers… il n'y avait personne, mais tout était ouvert… personne non plus dans le salon… en entendant du bruit à la cave, j'ai pensé que Charlotte faisait une lessive… je descends et je vous trouve en train de… de…

Elle reprend son souffle, explose subitement :

— Tout de même !… vous pourriez faire ça dans votre chambre…

Antoine bougonne :

— Bon, ça va… ça va… remettez-vous, on va pas en mourir.

Mécontente, la belle-mère pince les lèvres. Sa fille, qui est entre-temps descendue de la machine à laver et a repris une attitude plus convenable, questionne sans cacher son ironie :

— C'est gentil de venir nous voir, tu as quelque chose de particulier à nous dire ?

Soulagée par le changement de sujet, Nathalie rassemble ses esprits.

— Non, non… en fait, si ! Voilà, je vous invite au cinéma. C'est moi qui paye les places. Le dernier Woody Allen passe au Vox dans un quart d'heure ; j'ai pensé que ça pourrait vous intéresser…

Antoine et Charlotte échangent un regard navré, haussent les épaules ensemble. Ils connaissent Nathalie, pas question de s'en débarrasser en deux coups les gros. Autant en prendre leur parti bien qu'ils détestent être coupés dans leur élan quand ils ont commencé à faire l'amour.

La petite salle du Vox est aux trois quarts vide. Tous les trois se glissent au milieu d'une rangée déserte. Au bout d'une minute, Charlotte chuchote à l'oreille d'Antoine avec un clin d'œil :

— Il faut que j'aille faire pipi, tu viens me tenir la porte ?

Elle se lève. Il la suit. Nathalie, absorbée par les images qui défilent sur l'écran, remarque à peine leur départ.

Ils se rejoignent dans l'entrée des toilettes. Sans un mot, la jeune femme passe le dos de sa main sur la bosse qui déforme le pantalon de son mari.

— Tu bandes encore, mon pauvre chéri ? On peut difficilement faire quelque chose ici…

Compréhensif, il approuve, soupire douloureusement, mais accentue un peu plus le contact des doigts sur son érection. Histoire de bien lui montrer l'ampleur du phénomène. Charlotte, comme si elle venait de prendre brusquement sa décision, ouvre la porte d'une cabine et dit dans un murmure :

— Viens par là…

Dans le réduit, elle s'assoit sur le couvercle de la cuvette, extrait non sans difficulté le membre congestionné du slip devenu trop étroit, passe le gras de son pouce sur le gland qu'elle barbouille de liquide. Tout le corps d'Antoine tressaille, comme sous l'effet d'une décharge électrique.

— Non ! Pas ça ! Prends-moi dans ta bouche…

Par prudence, lui aussi a murmuré.

Les lèvres de Charlotte emprisonnent l'extrémité de la verge, amorcent un mouvement de va-et-vient, tandis que sa langue frétille le long du filet. Les yeux fermés, Antoine agrippe sa femme par les cheveux. La délivrance est proche. Chaleur et suavité de la caresse le bouleversent tellement qu'il en oublie l'endroit où ils se trouvent.

— Oh ! Putain ! rugit-il, continue… je vais juter !

Comme en écho, une voix féminine en provenance de la cabine d'à côté glapit sur un ton indigné :

— Si vous arrêtez pas tout de suite, espèces de dégueulasses, je vous dénonce au contrôle.

Ça leur fait l'effet d'une douche glacée. Ils se figent durant une poignée de secondes, puis s'empressent de déguerpir sans demander leur reste. Moins de trois minutes plus tard, ils ont regagné leur place près de Nathalie et s'efforcent de suivre les tribulations sentimentalo-existentielles de deux soeurs que tout sépare. Sans grand succès à vrai dire.

La nuit tombe quand ils sortent du cinéma. Nathalie décline une invitation à boire un coup sous prétexte qu'elle a rendez-vous avec une copine et disparaît après un rapide échange de bisous. Sur le bord du trottoir, Antoine et Charlotte se dévisagent avec la même lueur d'excitation au fond des yeux.

— Tu penses à la même chose que moi ?

Elle hoche vigoureusement la tête.

— Alors ? Qu'est-ce qu'on attend ? À la maison, nom de Dieu !

Tous les deux s'engouffrent dans la voiture qui démarre. Malheureusement, un samedi soir, la circulation ne leur permet pas d'aller aussi vite qu'ils voudraient. Des embouteillages les bloquent à plusieurs reprises. Au bout d'un moment, Charlotte se tortille sur son siège. Antoine lui lance un regard de côté.

— Qu'est-ce que tu as ?

— Le fri-fri en feu.

— Montre-le-moi !

— Ici ?

— Ben oui, on voit rien de l'extérieur.

Elle vérifie d'abord que les occupants des voitures voisines ne peuvent pas remarquer ce qui se passe en dessous de la ceinture, puis fait glisser sa culotte et le retire. Il s'en empare, la porte à son nez, la renifle longuement.

— Mmmh ! L'odeur du paradis !

Pendant ce temps, elle retrousse sa jupe à la taille et écarte les cuisses. Sa vulve s'entrouvre comme un coquillage mystérieux, dévoilant timidement ses chairs intimes qui luisent dans la pénombre. Fasciné, Antoine manque emboutir la Mercedes qui les précède.

— Fais attention quand même ! Ce serait con d'avoir un accident…

Les mâchoires serrées, il tente de se concentrer sur sa conduite. Mais les coups d'œil de plus en plus fréquents qu'il jette au spectacle que sa femme lui offre trahissent sa fébrilité croissante. D'autant que Charlotte pousse la gentillesse jusqu'à se tourner vers lui afin qu'il puisse mieux voir.

Enfin la circulation devient fluide. Ils sortent de la ville, s'élancent sur une route dégagée.

— Dans une demi-heure, on est chez nous, soupire-t-elle.

— Je ne tiendrai pas jusque-là !

De fait, cinq minutes après, il bifurque sur une aire de stationnement déserte.

— Qu'est-ce que tu fais ?

— J'en peux plus ! On va baiser là…

Il stoppe la voiture dans le coin le plus sombre du parking, la prend dans ses bras. Elle proteste pour la forme, mais se soumet rapidement à son impatience. Leur envie ne souffre plus de retard, ils ont déjà trop attendu.

En moins de deux, les sièges sont transformés en couchette. Il la culbute à la hussarde, tâtonnant fiévreusement de la pointe du gland pour trouver le meilleur angle d'attaque. Charlotte arque les reins, le saisit par la taille et souffle :

— Oui ! Viens… viens fort…

Mais à l'instant crucial, un visage déformé apparaît à l'extérieur, écrasé contre la vitre de la portière arrière. Elle pousse un hurlement, se débat comme une furie.

— Non ! Non ! Arrête ! Y a un type, là !

Brutalement délogé, Antoine se redresse, distingue vaguement une forme qui s'éloigne en courant dans la nuit.

— Merde ! C'est un voyeur…

Tous deux restent immobiles quelques secondes, haletants. Puis il enlace Charlotte qui se raidit.

— Non, ça m'a coupé l'envie, je ne pourrai pas…

En dépit des efforts de son mari pour la convaincre, elle refuse obstinément de reprendre leurs galipettes. La crainte qu'il y ait d'autres voyeurs sur l'aire de stationnement. En revanche, elle le presse de rentrer chez eux.

— On fermera toutes les portes à clé pour que personne ne puisse nous déranger, et je te promets qu'on va s'envoyer en l'air comme des dieux !

Vingt minutes plus tard, après avoir soigneusement bouclé les serrures, ils se précipitent vers leur chambre en poussant des cris d'Indiens et en commençant à semer leurs vêtements dans le couloir. La perspective de pouvoir enfin faire l'amour tranquillement leur donne des ailes.

Au moment où il franchit le seuil, Antoine s'emmêle les guibolles et chute lourdement sur le sol. Il se tord de douleur, ne parvient pas à se relever. Très vite, il leur faut se rendre à l'évidence et appeler le SAMU.

Aux urgences de l'hôpital, l'interne de garde est catégorique :

— Une belle fracture ! On va vous réduire ça tout de suite, mais vous ne rentrerez pas chez vous ce soir, je préfère vous garder en observation jusqu'à demain pour plus de sûreté…

Un samedi, comme de juste, les urgences sont bondées. Passé le premier barrage des admissions, il y a encore du monde partout. Assis, debout, couchés sur des chariots, les patients s'entassent jusque dans les couloirs au milieu du brouhaha. Infirmières et médecins se frayent un passage à grand-peine au milieu de la foule.

En sortant de la salle de soins, une aide-soignante rousse, à la dégaine de culturiste bodybuildée, manœuvre avec difficulté le chariot d'Antoine à qui on vient de poser un plâtre.

— Où est-ce que je vais bien pouvoir vous caser ? Je ne peux pas vous laisser là, et on n'a aucun lit disponible…

Comme Charlotte suggère timidement une chambre dans un autre service, elle répond sèchement :

— C'est impossible, ma petite dame. On doit se débrouiller avec ce qu'on a…

Finalement, elle les conduit à l'extrémité d'un couloir moins fréquenté, pousse la porte d'un réduit obscur à peine assez grand pour contenir le chariot.

— Ça fera l'affaire. L'électricité a pété, c'est pour ça qu'il n'y a pas de lumière, mais comme ce que vous avez n'est pas grave, vous allez rester ici pour cette nuit. En cas d'urgence, vous nous appelez…

L'aide-soignante partie, Charlotte s'assied du bout des fesses au bord du chariot. La pièce baigne dans la pénombre. On ne peut pas les voir de l'extérieur. Elle tente de rassurer son mari qui s'inquiète des conséquences de l'accident. Son boulot surtout le préoccupe. Puis, leur optimisme reprenant le dessus, ils ne tardent pas à envisager l'avenir.

— Maman sera ravie de nous aider… elle va pouvoir dorloter son gendre, estime Charlotte.

Après un temps de silence, Antoine, saisissant sa main pour la poser sur le bas de son ventre, demande d'une voix narquoise :

— Tu crois qu'elle acceptera de me soigner ça ?

Les yeux de la jeune femme s'écarquillent. Un gloussement lui échappe.

— C'est pas vrai ? Dis-moi que c'est pas vrai !

— Si, rétorque-t-il d'un air penaud. J'y peux rien, mais c'est vrai…

Et de fait, il n'y a pas à s'y tromper. Il bande à nouveau. Sa verge se tend par brusques saccades. Droite et raide sous le drap mince, mais palpitante. Des pulsations si fortes qu'elles en sont presque douloureuses.

— Tu crois que je peux venir sur toi ? murmure Charlotte. Ça ne va pas te faire mal à la jambe ?

— Non, tu peux venir… mais fais gaffe de ne pas te casser la gueule, le chariot n'est pas très stable…

Les raisins du désir

Tanith

Je détestais mon job. Ça ne datait pas d'hier, mais là, j'avais décroché le pompon : faire un reportage sur une cave à vins réputée dans la région. Magnifique, me direz-vous. Sauf que le vin et moi, ça fait deux. Je déteste ça, c'est âpre, piquant, et ça pue le vinaigre. Même en sauce, la vinasse m'insupporte.

Alors, quand mon chef m'a annoncé le job de la journée, j'ai juste failli lui rendre mon petit déjeuner sur les pieds en guise de remerciement. Surtout que ce n'était pas ce qu'il y avait de prévu au programme : j'étais censée me rendre dans un cocktail dînatoire, avec les grandes huiles de la ville, pour une remise de médailles à d'illustres inconnus. Le genre de truc où l'on ne reste que le temps de boire un verre avant de filer discrètement pour rentrer à la maison, se vautrer dans un bon lit douillet, un bouquin à la main et les doigts de pied en éventail.

Voilà comment je me suis retrouvée, un soir d'octobre, en talons hauts sur robe noire fendue jusqu'au haut des cuisses, à frapper à la porte d'une cave à vins.

L'odeur m'a agressé les narines à plus de cent mètres de l'entrée. Je me suis demandé comment j'allais faire pour supporter ça sans broncher. Et je n'étais encore qu'à l'extérieur. Ça promettait un moment sympathique.

Empêtrée dans ma robe, j'ai monté les quelques marches et frappé à un lourd battant de bois. Aucun son ne provenait de l'intérieur et avant que l'on ouvre, j'ai eu tout loisir d'observer la façade en pierres blanches. Le lieu ne manquait pas de cachet et, si j'en crois le peu que je connaissais de ce métier, l'intérieur devait être assez agréable et chaleureux.

Je me souvenais avoir vu des photos de caves voûtées magnifiques, où les bouteilles brillaient comme des écrins, sous des lustres aux lumières aussi douces que de la soie.

Mais les photos n'ont pas d'odeur, elles.

Je n'avais qu'une envie : tourner les talons et rentrer chez moi. J'entendais presque mon lit m'appeler et me supplier de le rejoindre, lui et mon matelas bien fatigué, mais si moelleux.

Lorsque la porte s'est ouverte, j'ai cru défaillir : les effluves m'ont littéralement sauté à la gorge et mon estomac n'a fait qu'un tour. C'était pire que tout ce que j'avais pu imaginer.

Je me suis composé un sourire et tendu une main vers le propriétaire qui attendait sur le pas de la porte.

— Alice Caron, journaliste au *Quotidien de Mâcon.*

— Sébastien Ruzé, propriétaire de cet endroit. Entrez, je vous prie.

Sa poigne était ferme et douce à la fois. Je n'arrivais pas à voir son visage, dissimulé entre l'ombre du porche et le contre-jour du hall tout illuminé.

La porte se referma derrière moi dans un chuintement et, tandis que mes talons résonnaient sur le sol carrelé de blanc, je suivais le type vers ce qui m'apparaissait comme un calvaire.

Je n'avais pas encore vu son visage, mais si le reste de sa personne était à la mesure de ce qu'il me montrait à cet instant, les choses seraient certainement plus agréables que je l'avais imaginé : environ un mètre quatre-vingt, tout au plus, cheveux courts, un corps athlétique et un postérieur qui ne bougeait pas d'un iota ! Fermeté et rondeur. Comme un bon vin, n'est-ce pas !

J'ai accéléré le pas pour me mettre à sa hauteur, et enfin voir à qui j'avais affaire. Il s'est tourné vers moi et m'a lâché un sourire ultra-brite.

— Je vous ai prévu une petite dégustation avant de visiter les caves à proprement parler. Que du très bon, évidemment !

Merde. Pas le temps de m'attarder sur ses yeux bleus que le garçon me fout déjà la nausée. Manquait plus qu'une dégustation !

Il a d'ailleurs dû sentir qu'un truc clochait, car son regard s'est légèrement voilé et son sourcil s'est froncé.

— Un problème, madame ?

— Mademoiselle…

J'ai rectifié sans réfléchir, ce n'était pas la question. J'ai dégluti avant de répondre.

— Disons juste que je suis une très mauvaise amatrice de vin. Pour être honnête, je ne sais pas différencier une piquette d'un grand cru, alors…

Il a posé sa main sur mon épaule – un papillon qui voltigeait sur ma peau – et m'a poussée légèrement en avant.

— Je vais vous apprendre, n'ayez crainte !

Ses yeux bleus ont plongé dans les miens. J'ai souri.

Peut-être étaient-ce les effluves d'alcool, peut-être pas, en tout cas, je me sentais bien mieux qu'en entrant dans la propriété. Et voilà que j'étais même en train de flirter avec le propriétaire !

Sans me poser plus de questions, je l'ai suivi dans les escaliers et nous avons atterri dans une petite salle au plafond bas et aux murs blancs où trônait une petite table recouverte d'une nappe écrue sur laquelle des verres et des bouteilles étaient disposés. Les lumières étaient plus tamisées qu'à l'étage, rendant l'ambiance aussi chaleureuse que celle que j'avais déjà vue sur papier glacé. En revanche, il ne faisait pas très chaud dans la pièce et je me suis rapidement mise à grelotter. Faut dire aussi qu'avec la tenue que je portais, il n'y avait pas grand-chose pour me tenir chaud. D'un signe de la main, mon hôte m'a fait signe de m'asseoir face à lui, ce que j'ai fait de bonne grâce.

Tandis qu'il remplissait les verres d'une main experte, j'ai pu le dévisager librement : ses traits étaient juste parfaits. À peine quelques ridules au coin des yeux et un ou deux fils blancs sur les tempes trahissaient sa petite quarantaine. Ses mains, puissantes, semblaient douces et rugueuses à la fois, à l'image de ses épaules qui dégageaient force et harmonie. Une ambivalence qui me charmait. J'en ai eu un frisson.

Sébastien a levé les yeux vers moi et a souri.

— Vous avez froid ? Buvez, cela vous réchauffera.

Il m'a tendu le verre où brillait un fond de liquide rouge pourpre. Je l'ai vidé d'un trait. Autant s'en débarrasser de suite !

Ce n'est qu'en voyant son regard interloqué que j'ai compris que j'avais fait une bêtise. J'ai senti mes joues devenir aussi rouges que le vin que je venais d'absorber et des larmes de honte me sont montées aux yeux.

Puis Sébastien a éclaté de rire. Un rire franc, pur, qui a résonné sous la voûte comme un roulement de tambour.

— Quand vous disiez que vous étiez novice, je ne pensais pas que c'était à ce point ! Toute une éducation à refaire !

Alors que je me serais volontiers terrée au fond d'un trou, il s'est levé et s'est installé à mes côtés.

Et j'ai bu. Du vin. Du bon vin. J'ai appris à tourner mon verre, à sentir l'arôme du nectar, le frôler du bout des lèvres, le laisser emplir ma bouche pour ensuite le faire glisser le long de ma gorge.

Et j'ai aimé ça.

C'était si sensuel, si voluptueux. J'en redemandais.

Et j'avais enfin chaud.

Nous avons continué à boire, à déguster. Puis l'alcool nous a conduits sur un autre chemin.

La bretelle de ma robe si étriquée a glissé le long de mon épaule tandis que Sébastien me versait ma énième coupe. Délicatement, il a posé le verre devant moi avant de remonter l'étoffe d'un doigt délicat. Une caresse sur ma peau.

Je crois que j'étais un peu pompette, mais tout était si doux et velouté ici que ce n'était qu'une suite logique.

J'ai saisi mon verre sans lâcher l'azur qui me fixait, ai fait tourner le vin avant de m'en imprégner les lèvres et je l'ai embrassé.

Nos bouches se sont entrouvertes et tous les arômes se sont mélangés. Fleurs, fruits, épices ne faisaient plus qu'un.

Sa main a continué à glisser le long de mon bras pour finir sur ma cuisse et enfin remonter sous la robe, là où la chair est sensible, délicate. J'ai réagi comme il le demandait : mes jambes se sont écartées, lui offrant un accès à mon intimité qui ne demandait qu'à être violée. D'un geste brusque, Sébastien a tourné ma chaise face à lui : j'étais à la merci de son regard et de ses mains.

Il a retroussé ma robe au-dessus de ma taille et a posé une main sur mon sein. Je n'avais plus froid, je brûlais.

Tandis qu'il m'embrassait dans le cou et que ses doigts se frayaient un passage sous ma lingerie, j'ai entrepris de lui enlever cette chemise qui me gênait pour accéder à son torse musclé. Dans notre précipitation, nous avons bousculé la table et les bouteilles se sont renversées sur la belle nappe blanche.

Nous y avons à peine prêté attention sur l'instant. Mais cela nous faisait un terrain de jeu bien plus intéressant : Sébastien m'a soulevée de terre et posée délicatement sur la table, au milieu des verres renversés et des bouteilles allongées sur le flanc.

Une table en guise de lit, voilà qui sortait de mon ordinaire !

Ma robe a instantanément disparu, me laissant presque nue sur un autel en sacrifice. Mon bourreau me dominait de toute sa beauté, et j'aimais ça.

Il s'est mis à embrasser mon ventre, à descendre sur mes cuisses tandis que ses doigts jouaient dans ma toison sans jamais la pénétrer. J'étais à l'agonie. Je voulais qu'il me pénètre violemment, maintenant, mais il continuait à me torturer, me mettre au supplice.

Tout en continuant ses caresses, il attrapa une bouteille encore pleine et but à même le goulot, puis me la tendit. Je ne me fis pas prier et avalais le liquide velouté avidement jusqu'à la dernière goutte que je léchais sur le bord du goulot.

Sébastien n'en perdait pas une miette. Ma langue allait et venait sur le bord de verre, tournait et virevoltait.

La main de mon hôte s'activa un peu plus. Ses doigts me cherchaient, faisaient semblant de me trouver pour repartir de plus belle.

J'allais exploser.

Puis Sébastien prit la bouteille de mes mains et posa sa bouche sur la mienne. Ce n'est qu'en sentant le goulot me pénétrer que je faillis hurler de plaisir…

L'excitation montait en moi sans retenue, sans résistance aucune, j'étais vaincue par ce vin voluptueux et cet éphèbe capiteux… Je me sentais comme une fontaine, lubrifiée de toutes parts, facilitant le va-et-vient du goulot entre mes reins.

Sébastien me mordillait les tétons, en même temps qu'il jouait avec la bouteille. À chaque effleurement de ses dents sur mes seins, une décharge électrique me faisait me cabrer, mon vagin serrant encore plus le goulot…

Je le repoussais alors, proche du paroxysme, les yeux perdus dans l'océan de son regard. Je détachais avidement la ceinture de son pantalon qui lui tomba sur les chevilles. Son sexe rigide sous son boxer moulant montrait son état d'excitation. Lorsque ma main le frôla, un râle lui échappa.

Je le fis s'asseoir sur la chaise en bois et pris une des bouteilles encore pleines. Je versais le vin sur son torse nu et le léchais avidement en descendant toujours plus bas. Je pris alors son sexe à pleine main et l'engloutis avec délectation. Je léchais son gland turgescent aux mille saveurs de fruits rouges. Sébastien m'agrippa les cheveux, me forçant à avaler son membre entier. J'entendais son souffle s'accélérer et ses encouragements murmurés à chaque coup de langue.

— Arrête ! me dit-il.

Je relevai la tête et le fixai, incrédule. Son sourire éclatant me fit comprendre qu'il n'en avait pas fini, et qu'une surprise m'attendait…

Nous étions tous deux nus. Il me prit par la main et m'entraîna au fond de la salle. Je découvris alors une autre pièce où une odeur forte de raisin flottait. Malgré l'air qui me caressait la peau, je n'avais pas froid. Mon corps bouillonnait et l'envie qu'il me prenne maintenant se faisait encore plus pressante. Ses fesses musclées et saillantes, son sexe, son torse viril, autant de signaux auxquels je ne pouvais plus résister.

Il me fixa, s'approcha de moi et m'embrassa à pleine bouche…

Ses mains caressaient mon corps. J'avais chaud, je sentais ma vulve palpiter entre mes jambes, prête à recevoir sa queue comme il le fallait.

Soudain, il me souleva et m'emporta vers le pressoir qui trônait au milieu de la pièce et regorgeait de raisin fraîchement ramassé. Je me laissais porter dans ses bras musclés, la tête posée sur son torse et la bouche collée à ses tétons que je mâchouillais délicatement.

Il me déposa dans le pressoir, comme sur un lit de raisin, puis il entra à son tour dans le bain. D'une main, il se saisit d'une grappe et glissa dans ma bouche un grain gorgé de jus qui éclata sous mes dents.

Pas besoin de matelas moelleux et de lit grinçant, le raisin, doux et humide, remplaçait bien toutes les couvertures que j'avais connues jusque-là.

L'odeur de fruits et d'alcool me faisait tourner la tête. Plus aucun signe de nausée, de malaise, rien qu'une douce euphorie, une ivresse de bien-être et de sexe pur.

Ma peau s'était vite colorée en rouge, comme celle de mon amant. Mais je n'ai pas eu le temps de m'appesantir sur ces détails ; Sébastien glissa un raisin dans sa bouche et se coula jusqu'à mon clitoris gonflé de désir. Il joua avec le fruit contre ma chair, pénétrant légèrement avec sa langue, puis glissant le raisin dans ma fente qui frémissait sous les assauts.

Je lui pris la tête entre les mains et l'accompagnai dans ses mouvements de va-et-vient, me cambrant dans la purée de raisin, attendant enfin une délivrance qui ne souhaitait pas m'accorder de suite.

Il continua à jouer avec ma chatte tandis que ses doigts couraient sur mon corps. Il frôla mes seins, mes lèvres, puis redescendit le long de mes hanches pour pénétrer mon anus. Un pur délice.

Quand il eut fini de me torturer, il me pénétra enfin, sa bite dure comme du bois me matraqua de toutes parts, devant, derrière, dans une explosion de taches rouges et de liquide sucré-salé.

J'ai écrit mon article le lendemain. Ma peau, tachée de rouge, trahissait mon immersion dans le bain de raisin, mais je n'en avais cure.

Devant moi, une bouteille de vin que Sébastien m'a offerte. En souvenir, a-t-il dit. Je l'ai ouverte, bue seule chez moi. Et son goulot me rappelle des moments qui resteront gravés.

J'ai levé la bouteille vide devant moi, trinqué à

sa santé et j'ai retiré ma culotte. Le reste s'est perdu dans les brumes d'alcool.

Visite guidée de l'École normale supérieure

Julie Derussy

Vous voilà devant le bâtiment du 45 rue d'Ulm, dans le Ve arrondissement, à deux pas du Panthéon. Ça n'a pas l'air immense, vu comme ça, mais en fait l'École prolonge ses ramifications tentaculaires dans tout le quartier. Pour entrer, il faut passer par la loge ; l'accès est libre du lundi au samedi pour les visiteurs, jusqu'à 21 heures. Quand vous arrivez dans la première cour, dirigez-vous vers le porche de l'École. Au-dessus de la porte, un large médaillon rappelle la fondation de l'ENS, le 9 brumaire de l'an III ; le tout est construit dans un style néo-classique sans grande originalité.

Suivez-moi à l'intérieur. Nous nous trouvons à présent dans l'entrée, surnommée l'Aquarium. Autrefois, on y trouvait un grand plan qui était absolument incompréhensible. Mais les temps ont changé, et c'est à présent un écran qui vous fait face. Nous n'emprunterons pas tout de suite les couloirs : il faut d'abord visiter la fameuse cour aux Ernests.

Tout le bâtiment est construit en carré autour de cet endroit charmant, qui emprunte son nom aux poissons ondoyant dans le bassin. Oui, les normaliens aiment l'eau, et c'est un directeur prénommé Ernest qui eut la délicieuse idée de peupler de poissons ce bassin. De nos jours, il y a même des nénuphars. Au printemps, il est particulièrement agréable de s'asseoir dans cette cour, à l'ombre des branchages, tout près des rosiers en fleurs, pour écouter le ruissellement de l'eau.

Naturellement, c'est aussi un lieu de choix pour draguer, surtout si vous n'êtes pas d'humeur à traîner vos guêtres sur les canapés défoncés de la K-fêt. Que de soirées au clair de lune, que d'étreintes volées sous les arbres ! Mais si vous avez envie de baiser, je vous conseille plutôt la cour Pasteur : moins de passage, plus de coins discrets. J'y ai quand même été interrompue une nuit en pleine action. J'étais en train de baptiser un nouveau, tout juste sorti de sa prépa. Le pauvre avait bien besoin de décompresser. Je dois bien avouer que je ne me souviens plus de son prénom. C'est amusant, comme la mémoire peut vous jouer des tours.

Après quelques galoches du côté des Ernests, je l'avais entraîné côté Pasteur, sur le banc de pierre circulaire, au pied du buste du grand homme. Là, j'ai soulevé ma jupe, retiré ma culotte, et me suis empalée sur sa queue frétillante d'étudiant empressé. La sauce n'a pas eu le temps de prendre : en entendant le crissement des graviers foulés par des importuns, nous avons décidé de nous replier. Il voulait m'emmener dans sa thurne, au couloir Rataud, mais je n'ai pas été si patiente. Il a fini le boulot dans l'ascenseur, moi plaquée contre la paroi de métal, lui me martelant de ses ardeurs, mon regard perdu dans les constellations d'étoiles qui ornaient le plafond. Il a juté dans ma chatte avant même d'atteindre le troisième.

Rien d'extatique, mais un bon souvenir, somme toute. Enfin, revenons à notre visite, mes frasques ne vous intéressent probablement pas. Les chambres des normaliens, qu'on appelle thurnes, se trouvent à l'étage. Les meilleures chambres sont celles qui donnent sur la cour aux Ernests, dans les couloirs rouge, jaune et saumon. Naturellement, j'avais choisi de loger au rouge, dans une chambre dont la mezzanine avait la particularité d'être soutenue par des chaînes. Ce détail pittoresque était propice à toutes sortes de jeux ; j'avais d'ailleurs investi dans une paire de menottes assortie, et j'y ai asservi quelques normaliens.

Passons à la suite. Les douches communes, comme vous pouvez le constater, ne sont pas très spacieuses. Pour y baiser, le mieux est encore de rester entre filles, surtout si votre amie est petite et menue. L'ENS est le lieu idéal pour ce genre de plan : il y règne un esprit de tolérance et d'aventure. Vous pouvez chasser pendant les soirées organisées par l'homonerie. C'est ainsi que j'ai emballé Juliette, lors d'une soirée rouge et noire. Elle n'était pas de l'École, mais elle avait tout à fait saisi l'esprit. J'adorais la tringler sous la douche : nos baisers mouillés, l'eau chaude ruisselant sur ses seins, mes mains baladeuses. Quand je glissais un doigt dans sa chatte, je la trouvais doublement trempée. Il lui en fallait toujours plus : la main entière pouvait y passer. Grignotant ses seins, mordillant son cou, je malmenais son sexe jusqu'à la déchirer de plaisir.

Juliette n'était pas en reste : elle avait le chic pour me faire jouir en trois minutes. Infaillibles, ses doigts patinaient sur mon clitoris, écartaient mes fesses, forçaient mon anus. Pour ne pas gémir trop fort, nous nous embrassions de plus belle sous l'eau brûlante.

Je l'ai bien regrettée quand elle est partie poursuivre ses études à Lyon.

Si les douches furent le théâtre d'étreintes répétées, je n'ai jamais essayé les toilettes. Pas mon truc. D'autant qu'à ce moment-là, la grande majorité des chiottes du 45 rue d'Ulm étaient franchement délabrées. Sans parler de l'odeur. Vous parlez d'une publicité pour l'École. Depuis, des travaux ont été faits et les lieux d'aisance sont devenus plus fréquentables. Si vous tenez à ce genre d'exploration, je vous conseille les toilettes pour handicapés (c'est plus spacieu), notamment celles du bâtiment du NIR, le nouvel immeuble de la rue Rataud. Il a été construit il y a une dizaine d'années ; le béton nu et le verre y dominent, dans une volonté de célébrer la pureté grisante de la ligne. C'est un endroit qui donne envie de quitter ses vêtements, pour revenir à l'originel et laisser libre cours à l'expression artistique des fantasmes enfouis.

Puisque nous parlons du NIR, passons à la bibliothèque. Jadis, on y entrait par le premier étage du bâtiment principal, accédant ainsi à une vaste salle toute de bois et de livres. Le parquet craquait sous les pieds ; ça sentait l'arbre coupé et les lettres anciennes.

Aujourd'hui, il faut rentrer par le NIR et montrer patte blanche. On ne peut plus emmener n'importe qui. Fini le joli temps où vous pouviez attirer votre dernière conquête dans les rayons cachés de la bibliothèque, pour lui montrer un ouvrage du XVIIIe siècle et l'admirable raie de votre cul. Ah, les orgasmes secrets de derrière l'étagère, sous couvert de jupe et de papier ! J'aimais à voir l'air ardent et frustré de mon amant du jour lorsqu'il fouillait dans ma culotte et laminait mes chairs, glissant deux doigts dans mon vagin béant, n'osant aller plus loin et sortir sa queue en ces lieux. Le silence studieux de la bibliothèque, la possibilité d'être découverts, tout cela m'excitait comme jamais. Après m'avoir fait jouir sans cri, mon camarade de jeux s'imaginait, naïf, que j'allais l'emmener dans ma chambre, me mettre à quatre pattes, et le supplier de me pénétrer. Évidemment, je n'en faisais rien. Un remerciement poli, et je m'en allais chasser sur d'autres terres.

Mais je vous parle beaucoup de baise, et j'en oublie d'évoquer le travail. L'ENS est, bien sûr, l'endroit idéal pour se lancer dans des recherches approfondies, qu'elles soient scientifiques, littéraires, ou d'une autre nature. C'est là le but premier de cette institution. Les occasions de se cultiver sont multiples et variées. Les normaliens ont la chance de pouvoir assister à de nombreuses conférences, par exemple dans la salle Dussane – nous sommes passés devant, c'était au rez-de-chaussée. De plus, les étudiants doivent choisir au début du semestre les cours qu'ils sont tenus de suivre.

Je garde un souvenir ému de la salle des Résistants, dans laquelle se tenaient bon nombre de mes cours. Le plancher y avait une vague tendance à s'effondrer ; je me demande s'ils l'ont fait réparer. Nous étions très sérieux, avides d'apprendre et de savoir, suspendus aux lèvres des enseignants (qu'on appelle caïmans). Il n'y avait pas de concurrence entre nous : une saine émulation régnait.

D'ailleurs, j'ai toujours eu une préférence pour la jeunesse, si bien que je n'ai pas jalousé ceux de mes amis qui ont donné vie à cet éternel fantasme : passer sur et sous le bureau du professeur. L'esprit d'ouverture qui est l'apanage de l'École se manifeste dans toutes ses branches, même les plus élevées. D'ailleurs, c'est bien sûr à l'ENS qu'on a inventé l'expression suivante : baiser comme un caïman. Je n'en dirai pas plus, pour ne pas froisser certaines personnes.

Toujours est-il que ces années d'étude furent enrichissantes sur tous les plans. Ce qui est merveilleux, dans ce lieu, c'est le mélange des spécialités, les échanges entre matières, disons-le, l'interdisciplinarité. On peut lécher une biologiste un jour, soumettre un historien le lendemain. J'ai ainsi pratiqué la philosophie, la physique, les langues… Très honnêtement, je ne vous conseille pas les matheux, en général : ils aiment beaucoup trop la théorie. En salle informatique, draguez le moins possible.

Il y a bien sûr des exceptions à toute règle. Pour moi, ce fut Gabriel. C'était l'un des pensionnaires étrangers : il était grand, brun, espagnol, et avec lui, l'arithmétique retrouvait sa puissance. On a conclu une première fois sur les canapés étrangement tachés de la BD-thèque, au terme d'une discussion tendue sur les mérites de Manara. Le lendemain soir, il m'a emmenée sur les toits.

Sûrement l'un de mes souvenirs les plus marquants de l'École. En principe, nous n'avions pas le droit d'y aller, sécurité oblige. La vue était sublime ; l'interdit ajoutait à la saveur de l'instant. Paris se déroulait dans toutes ses lumières. Nous avons admiré longtemps la ville, blottis l'un contre l'autre dans l'obscurité. Il me murmurait des mots espagnols dont je ne comprenais pas la moitié. C'était romantique à souhait.

Ensuite, il m'a tringlée par-derrière. Je me souviens de sa bite allant et venant au fond de moi tandis qu'appuyée sur le muret, cambrée pour mieux m'ouvrir, je regardais le Panthéon.

Aux grands hommes, ma chatte reconnaissante.

Il est temps, à présent, de redescendre les étages. Tous les étages, jusqu'au sous-sol. Nous ferons un premier arrêt au petit théâtre, escalier C. De nos jours, il a été rénové et l'on y donne des représentations. Mais à l'époque, il était délabré et servait de salle de répétition. On y trouvait un fatras d'accessoires, de costumes poussiéreux et de vieux meubles. Je me rappelle tout particulièrement ce divan pseudo-Louis XV, avec son tissu vert et ses dorures fanées.

C'était là que nous répétions *Les Bonnes*, de Jean Genet. Nous étions trois ce soir-là. Deux bonnes : j'étais Claire, elle était Solange, et il y avait le metteur en scène, François. Nous étions censées improviser à partir de la scène d'origine, et, de fil en aiguille, nous avons perdu nos vêtements. Que voulez-vous, je me suis laissé emporter par mon rôle.

— Solange ! Enlevez la robe de Madame ! Vous n'êtes qu'une petite crasse, vous devriez ramper à mes pieds !

Elle s'est exécutée.

Elle était jolie, toute nue ; ça m'a donné envie de l'insulter.

— Lèche-les, pauvre ordure !

Je lui ai tendu un pied dénudé.

Elle a léché. Les orteils, les chevilles, les genoux, la peau tendre au milieu des cuisses, et, enfin, la chair avide de mon sexe humide.

Et je ne sais plus trop comment tout ça s'est déroulé, mais au final, Solange, c'est moi, Solange, s'est retrouvée à quatre pattes, le sexe de François dans la bouche, les doigts de Claire dans la chatte. J'ai fermé les yeux, ouvert le reste, les laissant me pénétrer au plus loin, me prendre tout entière, et il m'a semblé que je n'étais plus qu'un objet disparaissant dans l'espace de l'extase.

Nous étions assez loin du texte, mais je crois que l'esprit était respecté. C'est cela aussi, l'ENS : une ouverture artistique et culturelle.

Finissons en beauté : je veux maintenant vous faire découvrir les arcanes de l'École. Descendons au plus profond pour découvrir les caves. C'est un endroit étonnant. Imaginez un couloir bas de plafond, sentant le moisi, éclairé par des néons blafards. Au-dessus de vous, un gros tuyau d'où pendent des filaments grisâtres et des morceaux de plâtre. Vous frémissez quand ils vous effleurent les cheveux.

C'est un recul dans le temps et l'espace, un décor rêvé pour les films d'horreur. Bien sûr, j'y ai vécu mes plus belles scènes de cul.

Le couloir s'ouvrait sur une série de petites salles tout aussi sinistres, mais abritant chacune un piano. Vous ne le savez sûrement pas, mais j'adore les pianos. Même désaccordés. J'ai joué là quelques-unes de mes sonates préférées, dans le parfum de renfermé de la cave 17. Ce n'était pas facile : il ne fallait pas perdre le fil, poursuivre la mélodie, tandis que des mains s'égaraient sous ma jupe. Il mettait à nu mon cul, je tremblais un peu, il m'ordonnait de poursuivre, ne t'arrête pas, joue. Les notes s'égrenaient en même temps que ses doigts glissaient en moi, je me cambrais, mes mains s'égaraient sur les touches, continuer, ne pas s'arrêter.

Le souffle coupé quand il me pénètre, rouvre les yeux, va jusqu'au bout, rythme de mes mains sur le clavier, rythme de sa queue dans ma chatte, intensité crescendo.

L'orgasme était une fausse note.

Celui-là, je crois bien que j'avais un petit penchant pour lui.

Après, nous sortions de la cave, et nous partions chacun de notre côté.

Je préférais dormir seule.

C'est au terme de ma scolarité que je me suis mise à écrire. Il faut croire que ces quatre années m'ont façonnée ainsi : à la fin, j'étais prête.

Mais il n'est pas utile de s'attarder sur ces souvenirs ; je n'ai que trop parlé de moi. Il est temps maintenant de remonter, de revenir à l'air frais du présent. On a fait le tour ; j'espère que vous avez aimé. Des questions ?

Presto agitato

Frida Ebneter

Mon ami le docteur S. faisait sa promenade matinale avec son chien, un labrador au poil clair, dans le vaste parc de l'établissement thermal. Je l'accompagnais, ce matin-là. C'était en juin. J'aimais, moi aussi, me lever à l'aube à la belle saison, et nous devisions tout en marchant, nous arrêtant parfois pour observer un arbre d'une espèce rare, ou une fleur qui venait d'éclore. J'avais prévu de rester une semaine à V., et me réjouissais à l'idée de passer quelques bons moments en sa compagnie. Le docteur S. m'avait fait préparer, comme d'habitude, la grande chambre claire située au second étage de sa maison, avenue des Tilleuls. Au rez-de-chaussée, il accueillait, à l'année, dans son cabinet, les habitants de la petite ville qui composaient sa fidèle clientèle – et de mars à novembre, les curistes.

Nous parlions du concert donné la veille au soir dans l'amphithéâtre des thermes. Un pianiste et une violoniste avaient exécuté des pièces romantiques de Dvorak. L'hiver, à Paris, quand elle jouait salle Gaveau, je ne manquais pas un seul des récitals de cette violoniste virtuose.

— Elle est mariée depuis peu, me dit le docteur. À présent, les deux nouveaux époux peuvent se montrer ensemble ouvertement.

Comme nous passions devant le Grand Hôtel, le docteur me désigna deux fenêtres ouvrant sur un large balcon.

— Voici leur chambre quand ils viennent en saison. C'est la plus belle de l'établissement. Ils peuvent enfin dormir dans le même lit — un lit somptueux. Leur histoire est très particulière, ajouta-t-il.

J'acquiesçai. Nous avions lui et moi fait la connaissance de la violoniste, mais à des moments et en des circonstances qui différaient, et outre le fait que nous étions mélomanes, nous nous intéressions tous deux à son histoire.

— Allons prendre un café sur la terrasse du Grand Hôtel, dis-je, le cadre en est très agréable.

Et nous avons repris notre conversation.

C'est donc l'histoire de cette femme que je me propose ici de rapporter.

Bettina, à l'âge de quinze ans, quitta la Pologne, sa terre natale, pour venir étudier la musique à Paris. Elle était hébergée gratuitement chez une vieille dame, rue Servandoni, qui mettait ses deux chambres de service à la disposition d'étudiants étrangers, si ces derniers lui convenaient : il fallait lui plaire, ne pas fumer, et lui rendre de menus services. Cette dame avait été autrefois très amie avec ma mère, à présent disparue ; ainsi, c'est chez elle que j'ai vu Bettina pour la première fois. Nous avons sympathisé, et celle-ci, seule à Paris, s'est peu à peu confiée à moi.

Elle entra au conservatoire, dans la classe du professeur Gary Ligeti. Ce dernier ne tarda pas à reconnaître les dons exceptionnels de la jeune violoniste. Il l'invita à venir prendre chez lui des leçons privées, et très vite, l'ardeur amoureuse les embrasa tous deux.

Seulement Gary était marié depuis vingt ans, il avait quarante-six ans au moment où il connut Bettina. Sa femme, qui était riche mais de santé précaire et de nature jalouse, l'accompagnait partout. Elle accueillait Bettina, sans méfiance apparente — à moins que ce fût au contraire la méfiance qui l'y incitait : mieux valait regarder le danger en face. Elle invitait la jeune fille à prendre le thé, après le cours, auquel elle ne manquait jamais d'assister. L'épouse de Gary décelait-elle chez eux les indices du désir au travers d'échanges rapides de regards, de doigts posés en même temps sur l'instrument et instantanément retirés ? La voix de Gary était toujours égale, et celle de Bettina ne tremblait pas quand elle lui parlait ou lui répondait ; bien sûr, en présence de sa femme, il la vouvoyait et n'avait jamais de geste familier, comme par exemple, une main sur l'épaule.

À la fin du cours, avant de franchir la porte du salon pour prendre le thé avec Marjorie Ligeti, Bettina se retournait, et Gary la pressait contre lui. Leurs bouches se joignaient dans un baiser trop court, mais profond, et elle sentait contre son ventre le sexe désireux de la pénétrer à travers l'épaisseur des étoffes. Comme elle ne mettait pas de culotte, Gary, glissant sa main sous la robe, empaumait le sexe nu, humide, qui s'avançait vers lui. C'était là tout ce qu'ils pouvaient faire. Cela ne durait que quelques instants, mais des instants tellement précieux pour l'un comme pour l'autre... Après quoi, Gary retournait à son bureau, et la jeune fille s'approchait en souriant de la table à thé, refermant le cartable qui contenait ses partitions.

Quand Bettina eut obtenu au conservatoire un premier prix à l'unanimité, elle entra sur concours à l'orchestre de Caen, continua d'étudier la musique de chambre, et Gary organisa pour elle des récitals dans divers lieux de Paris.

Sa femme prenait place près de lui dans la voiture. Gary se montrait prévenant envers elle, il l'était d'ailleurs avec toutes les femmes qu'il rencontrait, sans distinction aucune. Marjorie était fière de la façon courtoise et de bon ton dont il se comportait et s'exprimait en société, tout en étant attentif à répondre à ses moindres désirs.

Je les avais repérés ; ils étaient assis dans la salle parmi les auditeurs, et je l'imaginais, lui, dans l'obscurité, les yeux fermés, concentré sur les sons, les modulations, les accents tour à tour passionnés et élégiaques qu'émettaient les cordes du violon sous les doigts de Bettina, et qui lui étaient destinés.

À la fin, quand la musique se tut, que les applaudissements faiblirent, puis cessèrent, je suivis le flot des auditeurs qui progressait en direction des coulisses pour saluer les deux interprètes.

Marjorie, la première, embrassa la jeune fille, la félicita, puis Gary lui baisa la main et lui adressa quelques sobres commentaires.

Il offrit une chaise à sa femme, toujours fatiguée, le temps que les lieux se vident. Le pianiste était déjà parti avec des amis, et tous trois, après mon départ, se retrouvèrent seuls.

Ils se dirigèrent vers la voiture garée dans une rue adjacente. Gary s'est installé au volant, sa femme près de lui, et Bettina sur la banquette arrière. À distance, je vis démarrer la Mercedes. La suite, je la connaissais.

Une fois de plus, le scénario se répéta : Gary ralentit, arrêta son véhicule devant l'immeuble, ouvrit la portière avant côté passager et aida sa femme à descendre. Il tapa le code, et elle disparut derrière le portail d'entrée, en direction de l'ascenseur.

C'était le moment que les amoureux attendaient. Les yeux de Bettina brillaient, sa main tremblait quand Gary la prit dans la sienne. Sans un mot, ils remontèrent en voiture, roulèrent un moment, puis la Mercedes, après avoir contourné la place Saint-Sulpice, s'arrêta au bout de la rue Servandoni.

Ils avaient très peu de temps : Gary était censé raccompagner la jeune fille, puis filer mettre la voiture au garage, ce qu'il faisait après chaque concert. Marjorie savait le temps que cela prenait, et elle attendait son retour pour qu'il lui prépare ses médicaments.

La rue était déserte. Gary éteignit les feux de la Mercedes. Bettina s'était allongée sur la banquette arrière. D'un geste nerveux qui contrastait avec l'apparence calme qui d'ordinaire était la sienne, Gary arracha presque les boutons de sa braguette, libéra un membre en pleine érection, et introduisit son gland dans le vagin mouillé. Il n'avait pas besoin de la préparer à le recevoir : tous deux attendaient ce moment avec tant d'impatience, ce moment que Bettina avait passionnément appelé à travers les accents déchirants de son Guarneri del Gesù. Les mains nouées autour de la nuque de Gary, elle pressait sa bouche contre la sienne ; leurs poitrines haletaient, leurs langues s'enroulaient, mêlant leurs salives.

Le membre s'enfonça ; Bettina frémit, s'agita, un spasme traversa son ventre. Il grogna des mots indistincts, poussa un long rugissement ; un jet puissant de sperme chaud inonda le vagin de Bettina. Ce fut tout.

Elle continuait de jouir pendant qu'il se vidait en elle, en gémissant faiblement comme un enfant qui vagit. Gary lécha les larmes qui maintenant coulaient sur son visage.

— Pardon, Bettina, pardonne-moi le mal que je te fais…

— Dis plutôt le bonheur que tu me donnes ! Laisse couler mes larmes et aime-les…

— Ce sont des perles infiniment précieuses. Je t'aime, Bettina, je rêve pour nous d'un grand lit à colonnes, avec d'épaisses tentures qui nous isolent du monde… On n'en finirait pas de faire l'amour, puis je te regarderais t'endormir sous la soie et la fourrure !

Elle rit.

— Ou bien un lit rustique, avec un dessus en piqué blanc, des draps parfumés à la lavande, dans une chambre qui sentirait la cire d'abeille, et dont la fenêtre ouvrirait sur la campagne.

Il y eut un court silence qu'aucun d'eux n'osa rompre. Ce qui était impossible aujourd'hui…

Ils s'étaient rajustés. Le temps pressait, il fallait se séparer à nouveau. Jusqu'au prochain concert.

— Eh oui, dit le docteur en nous resservant du café, les deux amants ont vécu vingt-cinq ans ainsi, en faisant l'amour à la sauvette.

— Gary n'a jamais songé au divorce ?

— Il n'a jamais évoqué cette possibilité. Sa femme était, riche, il lui devait beaucoup, et elle était malade. Il ne l'aurait jamais quittée. Et puis c'était un grand bourgeois, n'est-ce pas ? À présent qu'elle est morte, Gary est libre. Il a épousé Bettina. Tous les ans, ils viennent ici, à V., elle se produit en concert, et ils vont ensuite dormir au Grand Hôtel. Ainsi va la vie.

Mon ami ajouta :

— Elle est ma patiente quand elle séjourne ici. Savez-vous ce qu'elle m'a confié récemment ?

— Je suis curieux de l'entendre.

— Le couple est allé voir, un soir, un vieux film, *Le Plaisir*, de Max Ophuls, qui passait dans un cinéma du quartier Latin. Brusquement, Gary, qui était au volant, s'est mis à foncer comme un fou à travers Paris. Bettina ne comprit ce qu'il voulait faire que lorsque la Mercedes ralentit en arrivant place Saint-Sulpice, puis stoppa au bout de la rue Servandoni, déserte et plongée dans la nuit.

Émue, elle ouvrit la portière, courut s'allonger sur la banquette arrière en retirant prestement sa culotte. Le désir la faisait déjà mouiller.

Gary défit hâtivement sa braguette, se coucha sur elle. Le temps leur était compté, car le film commençait à 22 heures 15. Elle eut un orgasme violent alors que, haletant, il enfonçait sa langue dans la bouche entrouverte de Bettina tout en plantant sa queue au fond du con avide, qui sécrétait une jute abondante.

Ils n'échangèrent aucune parole, mais leurs yeux parlaient pour eux.

La Mercedes fila vers l'Odéon ; ils arrivèrent pile au moment du générique. Dans l'obscurité propice, *Le Plaisir* commençait…

Les mecs du samedi soir

Josselin Manoury

Nous, les filles, quand on a envie de sortir pour s'éclater, c'est vraiment pour s'éclater. Donc, sans les mecs. Et surtout pas sous la couette. On part en boîte à trois ou quatre, on met des nippes qui nous plaisent, et vogue la galère.

Question fringues, ce que je préfère, c'est un top dans lequel mes seins s'épanouissent, une jupe ultracourte pour sentir la caresse de l'air jusqu'en haut des cuisses et des dessous déjantés.

Après, une sono qui arrache, de bonnes vibes et quelques drinks suffisent pour que la soirée décolle. On ne voit même pas les gars agglutinés autour du bar. D'ailleurs, on s'en fiche. Ces nuits-là, on danse à tomber. Nos corps se déchaînent, la musique nous excite, on transpire par tous les pores. C'est vraiment la fête.

Parfois, en cours de soirée, on a comme une envie

de câlins. De vrais câlins, doux, chauds, coulants. Rien que des trucs lisses. Ce n'est pas qu'on veuille se gouiner vraiment, c'est juste une envie de caresses de filles. Quelque chose qu'aucun gars ne peut remplacer.

D'autres fois, c'est tout le contraire. On a envie d'un mec à en crever, et on ne va pas se priver. Ces nuits-là, c'est juste leurs belles queues qui comptent, pas ce qu'il y a autour. On met des nippes dans lesquelles on se sent reine, et qui les font bander un max. Un minimum d'étoffe, pour cacher ce qu'on veut qu'ils tripotent, et quelques barrières infranchissables, pour le fun. Sans oublier des dessous pas trop dommages, à usage unique mais intense, rapport au sperme séché qui laisse des traces.

Ces nuits-là, si on n'est pas venues en couple, on lève le plus mignon qui traîne au bar. Une jolie crinière, des bras musclés, une démarche sportive suffisent à mettre le feu au ventre.

D'abord, on danse à bonne distance, pour qu'il puisse s'en mettre plein la vue. On lui montre ce qu'on sait faire avec les hanches et les fesses. Et aussi les seins, qu'on fait frémir de quelques secousses. Je serais prête à tout pour provoquer ce regard qu'ils ont à ce moment, pareil à celui d'un enfant qui s'impatiente de déballer son cadeau. Trop craquant.

Après on la joue collé-serré, on le laisse balader ses mains partout, le ventre bien calé contre sa bite. Un soir comme ça, c'est bon de se laisser pétrir. On s'en fiche des maladresses et des hésitations. Les muscles bandés et les coups de reins qui nous retournent de plaisir, ça c'est mythique.

Il y a aussi des soirs où on veut juste rester seules, genre tête-à-tête avec soi-même. Suffit alors d'une vidéo ou d'un bouquin, de fringues qui connaissent toutes nos déprimes. Sans oublier la bouffe qu'il ne faudrait pas.

Un long téléphone avec un ex, c'est bien aussi. Ou un tour sur la toile, pour lire des histoires chaudes ou chatter avec un inconnu. Si c'est dans nos humeurs du moment, et que le type écrit sans trop de fautes, les fourmis grimpent dans nos doigts et la webcam tourne à plein régime.

En quelques messages, on décrit celle qu'on voudrait être, avant de caresser celle qu'on est vraiment. Coule la mouille et bandent les tétons. Quelques coups de patte plus tard, on explose déjà.

Après, ce que je préfère, c'est un bain chaud et un truc à boire qui agite les sens. À la lumière des bougies, ma chatte entre deux envies, je me laisse bercer par la flotte. Je regarde mon corps comme si ce n'était pas le mien. Je suis sympa avec mes petits défauts, je prends le temps de m'aimer, comme je voudrais qu'un mec le fasse, un jour.

Le pied géant, c'est de poser ma main entre mes cuisses et de faire des vagues contre mes lèvres encore gonflées. Le plaisir revient lentement, la torpeur me gagne. Tenir comme ça, sur un fil, c'est péché. Il suffirait d'un rien pour que ça parte dans tous les sens, si je veux, quand je veux. Trop génial comme sensation, mieux que la langue d'un mec. Enfin, tout dépend du mec.

Finalement, il y a des nuits où on a envie que tout se mélange. Et là, si j'étais un gars, je prendrais peur. Parce que dans cet état, on n'est vraiment pas sortables. On part en chasse à deux ou trois, et le pauvre type qui nous tombe entre les pattes, on lui fait sa fête.

Je ne me souviens pas de la première fois où on s'est lâchées comme ça. Depuis, c'est devenu un rituel entre copines. On prend le van de Josiane pour écumer les boîtes. Le van, c'est le pied pour astiquer les gars. Surtout comme on l'a aménagé, avec des matelas et tout ce qu'il faut pour prendre du bon temps. En plus, baiser en pleine rue sous le nez des passants, ça nous électrise un max.

L'autre soir, on l'a repéré dès notre arrivée. Il a fait l'unanimité, pour une fois. Belle gueule d'amour, jolie bosse sur le devant, des muscles partout et un after-shave d'enfer. Timide et bien membré, c'est le candidat idéal pour nous.

Josiane s'est portée volontaire pour le mettre en forme. Pas difficile, comme elle était sapée, avec des trucs transparents à tous les endroits qu'un mec regarde. Elle a balancé des hanches, poussé ses seins contre son torse. De sa voix grave de fumeuse, elle a susurré des trucs foudroyants contre son oreille. Le type était à point en moins de deux. J'en ai rajouté une couche en lui léchant la nuque, histoire de me camer avec son odeur.

Deux verres plus tard, il nous suivait sans demander le programme. Faut dire que peu de mecs normalement constitués refusent un trip à trois.

Une fois dans le van, on l'a déshabillé en un tour de main. On le voulait nature et sans préliminaires.

On lui a demandé de s'allonger et de se laisser faire. Il n'avait pas l'habitude d'inverser les rôles, ça l'a un peu déstabilisé.

Pour le mettre en forme, on lui a offert un petit strip-tease. Josiane en a profité pour énerver mes tétons. J'adore sa bouche chaude contre mes seins. Fallait voir la tige du gars après cette entrée en matière.

Il a voulu me tripoter, pour montrer qu'il savait s'y prendre. J'ai coupé court en lui faisant comprendre qu'on n'était pas au plumard, juste un plan cul, une envie de le sucer et basta. Il n'a pas dit non, trop content de l'aubaine. Josiane s'est assise sur son torse en lui tournant le dos. Le temps que je le mette en bouche, elle avait posé sa chatte baveuse contre ses lèvres. À voir l'expression de bonheur sur le visage de Jo, il devait avoir la langue agile. C'était d'ailleurs la seule chose qu'il pouvait encore remuer.

Il n'a pas résisté longtemps. Avant que je puisse réagir, j'ai senti sa queue se cabrer. Il a envoyé toute la sauce, sans crier gare. Je n'ai pas pu éviter de prendre la première giclée en pleine figure. Après, je me suis redressée pour que Josiane en profite aussi.

Elle a commencé à se démener, la vulve plaquée contre la bouche du gars, le petit trou juste sur son pif. Il ne pouvait presque plus souffler. Elle s'en fichait, ce qu'elle voulait c'était s'envoyer en l'air. Le mec a essayé de la prendre aux hanches pour se dégager. Il devait avoir des crampes à la mâchoire. Elle a tenu bon, jusqu'à ce qu'elle arrive à ses fins. Putain, qu'elle était belle ! Je ne l'avais jamais entendue jouir aussi fort. Ça m'a fait des trucs au fond du ventre.

Après, elle s'est relevée et a laissé le gars reprendre son souffle. Il était tout remué d'avoir frisé l'asphyxie entre les cuisses d'une nana. Je me suis allongée contre lui pour le rassurer. Avant de passer aux choses sérieuses. Je n'avais pas encore joui et ça commençait à me tarauder.

J'ai caressé son torse pour le faire rebander. Josiane nous a regardés de haut, en se doigtant. Le gars avait des yeux comme des soucoupes. Il ne devait pas avoir l'habitude de passer entre les mains de vraies femelles qui en veulent. Faut dire que des étalons endurants et pas trop émotifs, c'est de plus en plus dur à trouver le samedi soir en boîte.

Je l'ai repris en bouche pour l'aider à revenir dans la course. J'ai fait tourner ma langue sur son gland, puis j'ai dilaté son méat en la plantant dedans. Il a eu une secousse, comme s'il avait reçu une décharge électrique. J'ai recommencé plusieurs fois, parce que ça semblait lui faire de l'effet. J'ai même fini par y mettre le bout de mon petit doigt. Profond. Je trouvais ça amusant. Pour l'aider à supporter, je lui ai dit qu'il était un vrai salaud, un dur à cuire, le genre de chien fou qui me mettait en transe. Je n'en connais pas un qui ne me mange pas dans la main après un tel compliment !

Après, je me suis fait plaisir à déguster son bout violacé, tout en gardant ses couilles bien en main, histoire d'anticiper tout débordement. En même temps, je n'ai pas arrêté de le branler, toujours plus vite. Il ne devait plus savoir s'il allait jouir une nouvelle fois ou si sa queue allait exploser, comme une saucisse grillée.

J'ai remarqué que, bien souvent, les mecs, surtout ceux qui n'ont pas l'habitude de se faire baiser par des filles qui savent ce qu'elles veulent, ils ne connaissent pas bien leur corps. Ils fonctionnent sans nuances, uniquement en mode on-off. On fait avec, mais c'est un peu pauvre. Surtout sur la durée.

C'est à ce moment que Josiane est venue se glisser entre mes cuisses. Je l'ai laissée faire, et me suis régalée de sa dextérité jusqu'à que ça craque au fond de moi. Je crois bien que je lui ai mis une grande rasade de mouille dans la bouche. Quand je perds vraiment le contrôle, ça m'échappe d'un coup, je ne le sens même pas venir.

Elle en a gardé une giclée sur la langue et s'est approchée du visage du gars. Il ne s'attendait pas à ce qu'elle remplisse sa bouche de mon jus. Il ne s'est pas défendu, mais on voyait bien que ces trucs de filles, ça lui faisait plutôt peur. On ne l'a pas cru quand il a prétendu adorer ça. D'ailleurs, il commençait à débander.

J'ai repris mon va-et-vient sur sa tige. Elle a retrouvé sa belle taille du début. Quand il a commencé à se tortiller, je me suis couchée sur lui en enfermant sa bite entre mes cuisses. Mais sans le laisser me pénétrer. Un truc qui les rend dingues, en général. Pendant ce temps, Josiane lui racontait des trucs à l'oreille, comme quoi il était un vrai bourrin, une bête de cul, la super occase. Il ronronnait de fierté. J'ai dû ralentir le rythme, pour qu'il ne se lâche pas trop tôt.

Ça m'a troublée un max de les regarder s'embrasser, le gars pelotant Josiane à deux mains, et elle, malaxant ses tétons sans ménagement. Je me suis caressée et j'ai joui pour la deuxième fois. Moins fort que quand Jo m'a léchée. Mais ça m'a quand même fait des trucs en or jusqu'au bout des seins.

Se voyant délaissé, le type s'est mis à protester. Je m'y attendais. À un moment ou un autre, ils ne peuvent pas s'empêcher de vouloir prendre le dessus, imposer leur volonté. Si seulement ils pouvaient remplacer la frénésie par l'imagination. Visiblement, on n'était pas tombées sur le bon modèle pour ce genre de trip. En revanche, ma manière très personnelle de le remettre à sa place a eu des effets inespérés sur sa virilité. Une preuve de plus qu'entre plaisir et douleur la limite est difficile à cerner. Ça tombait bien qu'il apprécie de se faire bousculer, parce que je voulais encore l'offrir à Josiane et il fallait qu'il tienne la distance.

Elle est venue prendre ma place. Ce n'est pas un hasard si je me suis retrouvée en bonne position pour introduire un doigt, puis deux dans son cul. Elle adore quand j'entre ainsi en elle. Pas comme les gars qui mettent des plombes à nous préparer, mais finissent quand même par nous déchirer.

Cette fois, je l'ai sentie bien réceptive. De mon autre main, j'ai massé ses seins et caressé ses bouts, juste comme elle aime, tout en léchant la sueur qui perlait sur son front. J'ai fini par plonger ma langue au fond de sa bouche.

Progressivement, elle s'est détendue. J'ai pris la queue du gars bien en main, je l'ai branlée pour lui redonner assez de vigueur et je l'ai placée au bon endroit.

Couché comme il l'était, il ne pouvait pas imposer son rythme. Josiane a pris l'initiative avec un bel enthousiasme et l'a enfilé jusqu'à la garde d'un mouvement des reins. Puis elle l'a fait coulisser à sa guise. Une crispation traversait le visage de l'homme à chaque secousse. Il semblait hésiter entre demander grâce ou profiter de la situation aussi longtemps que son machin et surtout son cœur tiendraient le coup.

Sa mine chiffonnée nous a fait marrer, mais c'était une erreur de le laisser gamberger. Josiane m'a soudain regardée d'une manière dépitée. Notre bellâtre avait de nouveau besoin d'aide. J'ai enfoncé mes doigts encore enduits du jus de Josiane entre ses fesses.

Une fois la surprise passée, ils aiment tous se faire mettre par une femme. J'ai poussé un doigt, puis un deuxième. Il n'a pas dit non. J'en ai profité pour appuyer mon index de l'intérieur contre sa prostate. Là, question plaisir, je crois que j'ai touché juste. Pour le confort, ce n'était peut-être pas ça. Mes ongles sont assez longs. Peu importe, on a rapidement atteint notre but. La tige qui empalait Jo était de nouveau bien raide. Elle a pu se préparer pour le final.

Des odeurs de foutre et de sécrétions montaient de son bas-ventre. Incroyable, ce que ça nous a excitées. J'ai serré Jo entre mes bras. C'est bon d'être tout contre une fille qui va jouir.

D'ailleurs, c'est contagieux. J'ai allumé le feu d'artifice en faisant vibrer mon bouton à toute vitesse entre mes doigts.

Cette fois, c'était la bonne, l'orgasme nous a vraiment libérées. Toutes nos tensions, tout ce qui nous prenait la tête depuis des jours a été évacué vague après vague. C'est trop agréable un truc pareil entre nanas.

On s'est senties calmées pour un moment. Les dernières étincelles au fond du ventre, on s'en occuperait plus tard. Quand on aura de nouveau du temps pour la tendresse, et l'envie de baisers-papillons sur nos muqueuses à vif. Tout ce qu'on aime faire au doux dans un grand lit. Auparavant, il fallait qu'on cause, qu'on se raconte. Pour ça, le mec était de trop.

De toute façon, qu'est-ce qu'on aurait pu faire de mieux pour lui ? Une petite pipe, une bonne baise et une sodo, c'est la totale, non ? Peut-être pas à son rythme, cette nuit, mais la totale quand même.

Il ne restait plus que la levrette, mais ça, c'est sensuel, on la garde pour nos hommes.

Je l'ai branlé en vitesse pour qu'il ne regrette pas sa soirée. Il a gémi, plus qu'il n'a crié de plaisir au moment où quelques dernières gouttes de sperme ont traversé sa bite en surchauffe. On l'avait vraiment vidé à sec.

Maintenant qu'on avait eu ce qu'on voulait, pas question de le laisser reprendre ses forces entre nos bras. On l'a poussé hors du van. Il pouvait se rhabiller dehors, ça lui ferait quelque chose à raconter aux copains.

Au fait, je ne sais pas s'il a vraiment joui cette nuit. Éjaculé, sûrement, mais joui, pas sûr. Parce que les mecs, c'est assez compliqué. Pour jouir vraiment, ils disent qu'il leur faut du sentiment.

Nous, quand on baise dans notre van, on veut prendre notre pied et rien d'autre. Peut-être qu'on devrait être plus attentives aux sentiments des gars. Le problème, c'est que pour les câlins et le romantisme, on peut rester entre copines ou au lit avec notre régulier. Au lit, on fait l'amour, on se gave de réveils langoureux, de plaisir sans fin entre les bras de nos amoureux. Dans le van, tout est provisoire, on consomme dans l'urgence, on va au bout de nos impatiences, on baise « à emporter », et c'est ça qui est bien. Comment le leur faire comprendre, aux mecs du samedi soir ?

Fréquence rose

Éric Cécile-Parques

La luxueuse voiture slalome sur l'autoroute. Les lunettes de soleil posées sur le nez, le chauffeur se grise de la vitesse et de la puissance de son moteur. Il efface les autres véhicules avec facilité. La route promet d'être longue pour les quatre collègues de retour de mission. Le marché sera signé, la négociation a été serrée, cela vaut bien quelques excès pour vider l'adrénaline et le stress accumulés. Les trois passagers regardent le paysage. Bientôt, la lumière déclinera et doucement la nuit apparaîtra. Ce sera le meilleur moment de la journée : l'heure du basculement du jour.

Marc-Antoine allume la radio, la musique le stimule lors qu'il conduit. Les discussions se sont tues. Après deux jours de palabre, les mots ne sortent qu'au prix de nombreux efforts. Chacun s'économise.

Les phares éclairent maintenant une route vierge de toute circulation. L'axe est peu fréquenté. L'obscurité loin des villes est plus marquée. Le son grésille. Dans cette campagne éloignée de tout, la fréquence se perd. Marc-Antoine s'apprête à glisser un disque argenté dans la fente du lecteur lorsqu'une voix féminine douce et harmonieuse résonne dans la voiture. Une improbable station a été captée. Le thème de l'émission surprend les quatre auditeurs.

— Bienvenue sur Fréquence rose ! Nous sommes ce soir avec le docteur Johnston. Vous prétendez, docteur, que le lit n'est plus le théâtre des ébats amoureux. Selon vous, les couples préfèrent d'autres lieux… Vous qui nous écoutez, n'hésitez pas à nous faire part de vos témoignages à ce sujet. J'ai justement Justine en ligne… Alors Justine, la dernière fois que vous avez fait l'amour… c'était dans un lit… ou…

Un éclair jaillit dans le lointain et illumine l'intérieur cuir. Personne n'entendra l'intervention de Justine. Le silence et le chuintement de la technologie à la recherche de la station auront raison du flegme de Marc-Antoine. Il presse le bouton-stop, et laisse chacun égaré dans la même pensée.

Les trombes d'eau s'abattent avec effroi sur le pare-brise de la berline. Les essuie-glace balayent les flots avec patience. La nuée des phares souillés par la pluie crée un paysage irréel. Delphine assise à l'avant cherche ce qu'elle aurait dit à la place de

Justine. Elle remonte les petits cailloux blancs de sa mémoire et retrouve la journée d'hier. Des images claires, lumineuses défilent.

*

* *

Hier, 7 heures. Delphine se réveille. Le rayon de soleil matinal caresse ses taches de rousseur. Elle tend le bras pour toucher un corps. Pas de trace de son mâle Gatien. Pas de sexe au lit ce matin.

Il prend son petit déjeuner. Devant un bol de café, il tartine deux tranches de pain. Un éclair coquin luit dans son œil droit. Il s'approche de Delphine, ôte la veste du pyjama, et projette des gouttes de lait tiède sur ses seins. Il se lasse de ce simple jeu et se jette sur elle. Il met à nu son derrière et la couche sur le ventre à même le carrelage froid de la cuisine. Il caresse avec tendresse les globes somptueux, puis claque chaque fesse. Il plonge alors deux doigts dans la plaquette de beurre mou, en extrait une noisette et graisse la petite porte. Son sexe tendu force sans peine le conduit lubrifié à l'ancienne. Les coups de reins de Gatien transforment une Delphine surprise en une incandescente créature. Elle insulte le membre qui la fouille et la rend de plus en plus folle. Elle crie, réclame plus de violence, plus de vitesse. Elle souhaite qu'il la morde, qu'il la fripe, qu'il la pilonne, qu'il la frictionne, qu'il la ponce, qu'il l'emplafonne, qu'il la déchire, qu'il l'ouvre enfin sur ces soubresauts sublimes du plaisir qui marquent son visage d'une grâce et d'une douceur surnaturelle.

Ils demeurent tous les deux emboîtés jusqu'à ce que le sexe de Gatien s'amenuise et laisse couler une miction de beurre, de crème et de jus d'anus. Il ne désire pas gâcher une telle boisson, il en lèche chaque larme à même la source, Delphine frissonne.

8 heures. Delphine sort de la douche, parfumée et dénudée, elle cherche Gatien. L'homme de son cœur s'est retranché dans les toilettes, il lit. Elle choisit de partir travailler plutôt que de l'attendre. Elle risquerait d'être en retard et de rater le 8 heures 27.

Elle croise Céline sur le chemin de la gare, elles s'organisent une soirée entre filles pour le jour même. Delphine promet une surprise. Elle se retrouve sur le quai quelques minutes plus tard. Le mardi reste un jour spécial. Les voyageurs trop nombreux s'engouffrent dans la voiture bondée. Le corps-à-corps durera jusqu'à la première station parisienne, elle pourra alors reprendre son souffle d'autant plus que « les doigts bleus » ont débuté leur travail hebdomadaire. Le drôle de manège a commencé l'été dernier, la jupe de Delphine a facilité les manœuvres d'exploration d'une main curieuse et fureteuse. Compressée et écrasée contre la porte, Delphine n'a pas pu se dérober. L'aurait-elle fait ? Assurément, si l'intrusion n'avait pas été aussi délicieuse… Maintenant, chaque mardi, une fraîche rosée macule son antre accueillant, l'inconnu désormais en terres conquises déploie son savoir-faire incommensurable. Toujours deux doigts, l'index et le majeur, deux doigts masculins vigoureux et volontairement indélicats, deux doigts majestueux qui touchent la cible avec autorité et balaient la petite pièce avec soin. La chaleur et la promiscuité de la voiture masquent le visage tordu de plaisir de Delphine. Les doigts s'activent précis, elle jouit en silence, refrénant son envie de hurler, *« j'aime, continue, c'est exquis »*.

Elle s'abandonne. Cette fois, la montée de sève a été fulgurante. Encore tremblotante sur le quai, elle pose les bras contre le mur pour ne pas tomber, les voyageurs indifférents poursuivent leur route. Elle a imaginé un jour teindre son sexe de bleu de méthylène, pour dénicher son bienfaiteur aux doigts prodigieux qui l'emmènent vers les cieux.

9 heures. Delphine arrive au bureau, elle salue le vigile à l'entrée. La rumeur dit qu'il est bien monté et que la patronne y a goûté. Elle ouvre son tiroir prend une grande enveloppe et une culotte propre, traverse le couloir et dans les toilettes se change. Le dessous trempé sera expédié comme les autres au 122 rue du Chemin-Vert.

Delphine s'apprête à sortir de sa cabine lorsqu'elle surprend une étrange conversation.

— J'ai fait ce que tu m'as demandé, à toi de tenir ta promesse.

— C'est d'accord, tu peux toucher mon sexe, avance ta main, mais embrasse-moi d'abord et lèche mes seins.

Delphine pousse le bouton de la chasse d'eau et fait fuir dans un bruissement de talons ses deux collègues. Elle aurait volontiers assisté à leurs ébats, et se serait sûrement caressée joyeusement, mais elle a reconnu la voix de sa supérieure, et c'est avec jubilation qu'elle l'a interrompue.

Sortie des lieux d'aisances, Delphine remarque, posé sur la porte, l'écriteau « Entretien d'évaluation, ne pas déranger ». Il lui semble que l'évaluation sera profonde et qu'aucun recoin ne sera ignoré. Elle s'aperçoit qu'elle a eu peu d'aventures avec ses collègues du bureau. Elle se rappelle une fellation au mari de la patronne dans l'ascenseur le jour du départ à la retraite de Charles et une relation éphémère avec une jeune intérimaire gothique aux cheveux de jais qui lui léchait admirablement le sexe. Rien de plus pour l'instant.

21 heures. La réunion s'éternise. La nuit est tombée depuis longtemps. Les parties n'aboutissent à aucun accord. Delphine craque, son esprit s'évade et se promène au-dessus de la mêlée des échanges. Elle imagine tout le monde nu, debout face à elle. Fantasmer en assemblée, quelle bonne idée ! Si elle croisait très fort les jambes ou posait une main sur son bouton qui s'en apercevrait ?

La voix grave de la directrice indique la fin des hostilités, l'âme de Delphine réintègre son corps, il est presque minuit, sa boîte ne paie pas le taxi, elle prendra le dernier métro.

La rame à deux étages s'engage dans le boyau de la station. Delphine s'installe dans une voiture vide, l'unique passager vient de sortir. Peu rassurée, elle ouvre son sac et saisit son magazine. Avant que le train ne démarre, trois individus envahissent l'espace et s'assoient en face d'elle. Les deux premiers, aux extrémités, posent leurs pieds sur le siège opposé, Delphine se sent prise au piège. Une première coulée de sueur coule le long de ses tempes. Ces messieurs arborent des tenues de cuir moulantes, chacun d'eux mesure largement deux mètres et doit peser une centaine de kilos. Elle tremble de peur, même si pour le moment, ils restent inoffensifs. Celui du milieu crache dans ses paumes, aussitôt ses acolytes défont leur ceinturon, ouvrent leur braguette et exhibent leur sexe. Delphine cherche à éviter de regarder les tiges qui se dressent et dévisage l'homme du milieu, qui plonge ses yeux noisette dans le vert des pupilles de Delphine. Il saisit alors dans chaque main le membre de ses voisins. Tout en la fixant avec intensité, il masturbe ses deux compères avec beaucoup de douceur et de détermination. Habile et endurant, il fait jouir de concert ses deux comparses, deux longs filets de semence maculent ses doigts. Il les lape et livre un sourire enjôleur à une Delphine décomposée, scindée entre une peur extrême et une excitation trouble. Tous les quatre descendent à la même station, elle ne les reverra plus.

Encore ébranlée, en proie à des émotions contradictoires, Delphine rentre chez elle. Elle se souvient qu'elle avait prévu avec Céline, une soirée entre filles. La pauvre Céline désappointée a dû trouver porte close et doit maintenant se consoler devant la télé en mangeant des chips trop salées. Elle lui offrira sa surprise demain matin en venant s'excuser.

L'ampoule du salon est allumée, Gatien est là. Delphine le découvre à quatre pattes sur le tapis, au pied du canapé. Un bruit de succion et de langue frottée accompagne des gémissements d'encouragement. Céline présente sa ravine brûlante à la bouche d'un Gatien gourmet. Il dévore, butine, mordille sans relâche. Elle couine, ânonne, halète sans vergogne. Delphine résiste, s'assoit sur le fauteuil face au couple et admire le spectacle de son homme nu vénérant le sexe de son amie. Une vague de chaleur annonce son entrée en scène. Elle dépouille de son paquet le cadeau destiné à Céline, et sort de l'emballage un magnifique double gode-ceinture, elle s'en enfonce une partie dans son ouverture perlée de plaisir, puis s'approche des deux amants. Créature hybride surgie de l'ombre, elle empale Gatien d'un coup de reins, elle agrippe simultanément sa queue roide et la serre avec force. Il vacille légèrement, accepte l'assaut et amplifie sa succion sur la vulve indécente de la voisine.

Céline contemple dans le miroir du salon leur reflet. Elle jouit de la vision enchanteresse de trois êtres ne formant qu'un seul corps récepteur et émetteur d'un plaisir inouï qui s'élève par vagues successives. Ses yeux embrumés de jouissance et de bonheur lancent des flammes de désir vers Delphine qui absorbe ces fluides ineffables et s'active de plus belle dans le fondement d'un Gatien déjà comblé des sucs de Céline. Une boucle continue d'orgasmes se propage des uns vers les autres, chacun succombe et renaît pour le bonheur de tous. Delphine cède la première et rompt le cercle. La fatigue a raison de son ardeur. Elle se douche des ivresses de l'instant. Gatien et Céline sont repartis pour un tour de manège, leurs cris bercent Delphine qui plonge dans un sommeil profond. Elle partira tôt le lendemain en mission.

*

* *

La pluie a cessé. Le silence sort Delphine de sa rêverie. Elle se rend compte que son lit a été largement négligé et a très peu participé à sa vie amoureuse. Même sa nuit de noces fut consommée « hors literie ». Après l'échange des consentements, elle s'était laissé gentiment trousser dans la salle des mariages de l'hôtel de ville, avec comme témoins deux bustes de Marianne en marbre et la photographie du président de la République. Elle avait apprécié l'endroit et la saillie, si bien que les jeunes époux s'étaient discrètement éclipsés pendant la soirée pour y retourner.

Le véhicule ralentit pour s'arrêter sur l'aire quasi déserte. C'est l'heure de la pause et du changement de conducteur. Delphine abaisse le pare-soleil, dans le petit miroir elle observe son collègue. Avec un peu d'habilité, elle devrait réussir à l'ensorceler pour l'obliger à la prendre les jambes en l'air sur la banquette arrière, ou mieux sur une table de piquenique isolée. Par chance, les aires d'autoroute en sont toujours pourvues.

La halte est terminée. La voiture ronronne. La nuit est plus épaisse que jamais. Delphine épuisée somnole. Elle se rêve endormie, en chien de fusil, sous une couette bien chaude, dans bon lit douillet.

Monotone et contre-ennui

Magena Suret

« *Je m'ennuie au lit.* »

Agathe venait de signer son arrêté d'abstinence. Alors que son petit ami la regardait d'un air énamouré, les yeux encore voilés du plaisir lourd de la jouissance, il lui avait demandé comment elle se sentait. Et sa langue était allée plus vite que son cerveau. Le corps de Thomas pesait moins sur le sien, il s'était redressé sur ses coudes et son visage d'habitude impassible affichait incompréhension et panique. Il faut avouer que ses mots manquaient de subtilité et le moment était plutôt mal choisi.

« *Mais tu as joui…* » tenta-t-il d'un ton désarmé.

« *Oui, mais je suis loin des orgasmes que tu me procurais au début.* »

Voilà, c'était dit. Trois ans de relation, quatre mois d'ennui au lit et deux phrases assassines. Elle ne voulait pas en arriver là, mais se sentait malgré tout soulagée. Le silence de Thomas n'augurait en revanche rien de bon.

« *Et maintenant ?* » lui demanda-t-il sans la regarder.

Agathe ne répondit pas, elle cherchait déjà comment se rattraper ; il y avait mille autres façons d'aborder le sujet, mais la frustration ne l'avait pas aidée. Pourtant, son amant était toujours tendre avec elle. Tellement qu'il en était devenu prévisible. Quelles que soient les circonstances, il l'amenait au lit, s'étendait sur elle pour la caresser et l'embrasser. Il connaissait ses zones érogènes et faisait réagir son corps rapidement. Il faisait ensuite durer les préliminaires, parfois en la léchant, puis l'étreignait, assis ou allongés, mais toujours les yeux dans les yeux. Il prenait chaque fois soin qu'elle jouisse avant de s'autoriser à éjaculer. Agathe ne pouvait nier qu'il soit attentionné, mais tout était calculé, il n'y avait aucune spontanéité et ce qui était rassurant les premières fois était devenu lassant.

Un mouvement la sortit de ses pensées, Thomas avait remis ses vêtements et s'agitait, agacé. Il se mit à exiger des explications, mais Agathe n'écoutait plus : son énervement l'excitait, elle voulait le retrouver aussi passionné dans leurs ébats. Devant son mutisme, Thomas baissa le ton :

« *Et maintenant, c'est le moment où tu me demandes qu'on fasse une pause ?* »

La question l'affola, mais Thomas partit en claquant la porte sans plus attendre. Elle aurait voulu lui courir après, mais elle était encore nue et n'avait pas l'intention de se donner en spectacle pour ses voisins.

Malgré ses tentatives, elle ne réussit pas à le joindre durant toute une semaine. Thomas semblait s'être volatilisé ; personne n'avait de nouvelles et elle ignorait si son couple était toujours d'actualité ou non. Après une nuit blanche supplémentaire, elle finit par s'accorder un bain. Peut-être que dépasser une toilette sommaire parviendrait à la détendre et trouver un moyen de reprendre contact avec son compagnon. Quand elle sortit de la baignoire, elle eut la mauvaise surprise de découvrir des placards vides. Elle n'avait pourtant pas tant de retard dans sa lessive, mais elle dut se rendre à l'évidence, elle n'avait plus de serviette propre. Haussant les épaules, elle s'apprêtait à aller en chercher une dans la chambre. Toutefois, en arrivant dans le salon, elle se figea. Agathe devait être ridicule, nue et dégoulinant ainsi, mais elle s'en moquait. Thomas était là. Il était revenu et avait une pile de linge de toilette à côté de lui : elle tenait son coupable. L'envie de sauter de joie – ou sur Thomas – mourut rapidement ; contrairement à Agathe, il ne souriait pas.

— Thomas, je suis désolée pour…

— Tais-toi, la coupa-t-il.

C'était juste un murmure, mais son ton autoritaire incita Agathe à ne pas protester. Il se leva pour la rejoindre, une serviette à la main. La conscience de sa nudité et l'eau refroidie sur sa peau la firent frissonner. Thomas utilisa le tissu éponge pour lui sécher les cheveux, et elle ferma les yeux sous la caresse. Il ricana.

— Pour quelqu'un d'insatisfait, tu as l'air d'apprécier.

— C'est un malentendu, je t'ai laissé des messages pour m'expliquer.

— Je sais, j'avais juste besoin de temps.

— Tu ne veux plus de moi ?

La voix d'Agathe s'était brisée, mais elle se laissa entraîner à travers la pièce. Thomas la colla dos à la porte de la chambre et essuya de son pouce les gouttes au coin de ses yeux.

— Ne sois pas bête. Ce que tu as dit était maladroit, mais ça m'arrange, je me contiens depuis si longtemps. Alors, cesse de pleurer et garde tes larmes pour tout à l'heure. Pour quand tu auras tellement de plaisir que tu auras du mal à le supporter.

Trop inquiète de ce que disait Thomas, Agathe n'avait pas prêté attention à ses actes et elle venait de réaliser que ses mains étaient attachées. Les poignets noués à la barre qu'elle avait fixée à la porte pour ses exercices du soir. Les liens n'étaient pas trop serrés, et elle avait un peu de mou, mais ses bras étaient tendus au-dessus de sa tête. Thomas se recula et l'observa jusqu'à ce qu'elle rougisse. Il se rapprocha alors et lécha son cou.

— À quoi tu joues ?

— Je vais te donner ce que tu as réclamé. Tellement d'orgasmes que tu finiras par me supplier de te laisser te reposer. Mais avant, je te sèche, sinon tu vas attraper froid.

Agathe bégaya une protestation, mais perdit le fil quand Thomas passa la langue sur sa lèvre inférieure. Son amant poursuivit ses baisers dans son cou et se mit à laper son corps – ce devait être le mot puisqu'il capturait chaque goutte d'eau avec sa langue. C'était sa façon de sécher quelqu'un, apparemment. La méthode n'était sûrement pas fiable ; Agathe était à présent humide de sa salive, mais elle adhérait au concept. Elle tenta de suivre les perles liquides et de deviner laquelle serait la prochaine à disparaître sous les lèvres de son amant. Sa poitrine subissait à présent le traitement, et Thomas s'intéressait particulièrement à ses tétons dont la peau les entourant était si tendue qu'elle avait le sentiment qu'elle allait se craqueler, une sensation à la fois désagréable et excitante.

En le sentant approcher de son pubis, Agathe se mordit la lèvre d'anticipation et retint un gémissement. Thomas lui lança un regard équivoque.

— Tu aimerais que je te lèche ?

Elle soupira un « oui » mais, à son regret, son amant s'écarta d'elle en lui faisant « non » de l'index. Alors qu'Agathe voulait grogner de mécontentement, elle observa, impuissante, Thomas se déshabiller en la transperçant du regard. Elle se tortilla, aussi bien pour calmer l'engourdissement de ses bras que pour le rappeler à elle. Thomas se rapprocha dans une démarche chaloupée, hypnotisante, et elle sursauta quand sa main prit appui contre la porte près de sa joue. Sans être en contact, la proximité de leurs corps intensifiait le désir d'Agathe. Et sa frustration de ne pouvoir atteindre son amant. Ce dernier se masturbait à quelques centimètres seulement d'elle et sa bouche entrouverte appelait ses baisers, mais il ne laissait pas la langue d'Agathe capturer la sienne. Elle serra les poings de frustration et se souvint soudain à quoi elle était attachée. Enroulant ses doigts autour de la barre, elle plia légèrement les coudes pour se hisser sur la pointe des pieds. Thomas eut un regard gourmand, elle le soupçonna d'attendre ça depuis le départ.

Maintenant qu'elle était sûre de sa prise, elle souleva ses jambes et les passa autour de sa taille pour le forcer à se coller à elle. Un soupir de plaisir lui échappa en sentant sa peau contre la sienne. Elle grignota ce qui était à portée de ses dents, passant de sa mâchoire à ses lèvres, et obtint enfin sa récompense. Thomas ouvrit la bouche pour lui permettre de l'embrasser, mais imposa vite son rythme.

Sa main d'appui quitta la porte et vint caresser la fesse d'Agathe en l'écartant doucement, tandis qu'elle sentait son sexe coulisser entre ses cuisses. Il lui souleva une jambe et la pression à l'entrée de son vagin se fit plus présente. D'habitude, il s'assurait qu'elle était détendue avec ses doigts, mais son membre se frayait déjà en elle. Plus serrée et moins humide que lors d'autres rapports, la progression de Thomas était plus lente. D'autant qu'il s'amusait à ressortir pour la pénétrer à nouveau. Quand il fut assez à l'aise, il se pencha à son oreille.

— Accroche-toi bien, je ne te soutiens pas.

Effectivement, il s'agrippa à ses hanches et s'en servit de prise pour s'enfoncer de plus en plus vite. Il lui mordit la clavicule ; les bras d'Agathe lui tiraient de supporter son propre poids, ainsi que la pression qu'il exerçait sur son corps. C'était brutal et divin.

Il n'avait plus qu'à prêter un peu d'attention à son clitoris, et elle jouirait. Mais Thomas continuait ses coups de boutoir toujours plus fort, et elle se refusait à le supplier. De toute manière, sa respiration bien trop irrégulière lui interdisait de formuler quoi que ce soit de cohérent. Sauf quand il se plaqua contre son pubis, se libérant profondément en elle, Agathe sanglota de frustration.

Il quitta son corps aussitôt et défit les rubans qui la maintenaient à la barre, puis les fit s'asseoir au sol. D'un regard qu'elle voulait provocant, elle essaya de l'inciter à la faire jouir. Sa seule réponse à cette menace silencieuse fut un rapide baiser sur son front. Puis il la força à s'agenouiller. Elle ne lutta même pas, qu'il fasse ce qu'il voulait tant qu'il la soulageait. Penchée en avant, sa tête fut poussée sur une serviette, et ses bras tirés en arrière. Ses muscles endoloris et la position inconfortable la firent grimacer. Son amant relâcha ses mains et elle voulut les ramener à son visage pour se redresser mais ses chevilles suivirent.

— Ne bouge pas, tu vas perdre ton équilibre.

En la saisissant par la taille, Thomas la replaça et Agathe vit qu'il s'était servi des liens pour attacher chaque poignet à l'un de ses pieds. La croupe en l'air, elle était à sa merci.

— Qu'est-ce… ?

— Chut, profite. Tu voulais que je te lèche tout à l'heure, tu vas être exaucée.

Thomas lui écarta davantage les genoux, s'assurant de sa stabilité. Gênée d'être ainsi exposée,

Agathe attendait néanmoins avec impatience de sentir sa langue sur son clitoris. Elle ne put retenir un hoquet de surprise quand la langue de Thomas tourna sur son anus. Les mains sur ses fesses, son amant les écartait selon sa volonté pour se faciliter l'accès à cette zone sensible, lui donnant parfois l'impression qu'il l'aspirait quand il pinçait les lèvres pour déglutir. La langue de son amant s'engouffra dans l'anneau dilaté, la mouillant à l'intérieur, caressant ses parois. Agathe remua les hanches pour faire rentrer plus loin le membre humide. Thomas comprit qu'elle allait bientôt craquer ; il ôta une main de ses fesses et fit glisser ses longs doigts vers son vagin. Son tortionnaire intensifia ses succions et commença à jouer autour de son clitoris gonflé de désir.

Agathe ne se souvenait pas d'avoir jamais eu un tel orgasme. Pantelante et épuisée, elle se promit de ne plus douter des capacités de son petit ami. D'ailleurs, celui-ci se pencha à ses côtés, tout sourire, et l'aida à se redresser sur ses genoux, puis la fit s'asseoir, sans défaire ses liens. Tout juste lui soulagea-t-il les bras en les faisant passer à l'intérieur de ses cuisses, mais l'écartement de ses jambes était trop prononcé à présent. Thomas l'adossa au mur et cala la serviette dans ses reins pour éviter qu'elle se fasse mal. Elle tenta de s'emparer de ses lèvres quand il se pencha dans la manœuvre, mais il esquiva aisément son baiser.

— Je ne t'embrasserai que quand tu seras pleinement satisfaite.

— Ce n'est pas fini ?

Thomas ignora sa question affolée et s'assit face à elle, leurs pieds se touchant. L'entrejambe d'Agathe se remit à la chatouiller quand Thomas se toucha. Ses doigts dansaient sur ses testicules et son pénis, son index coulissant le long de la hampe tandis que son pouce en flattait le gland. Face à cette sensualité, Agathe ouvrit la bouche pour trouver de l'air ; toutefois, un rictus se dessina sur le visage de Thomas. Sans l'avoir prévu, elle se retrouva avec son amant la dominant de toute sa hauteur. Ses pieds de part et d'autre de sa taille, il se masturbait au bord de ses lèvres. Agathe croisa son regard fiévreux, il attendait sa permission. Satisfaite de ce petit pouvoir, elle commença à téter le gland offert et se régala de son gémissement contenu. Dès que son sexe fut recouvert de salive, Thomas plongea un peu plus loin dans sa bouche. Pour faciliter le passage, Agathe abaissa la mâchoire et aplatit la langue. Thomas lui faisait avaler sa verge lentement, mais l'avait saisie par les cheveux pour maintenir sa tête alors qu'il s'extirpait et se coulait dans sa bouche encore et encore, en une cadence mesurée.

Ses râles de plaisir encourageaient Agathe mais, avant qu'elle ait pu goûter à son sperme, Thomas se retira. Cependant, elle ne protesta guère en le voyant se pencher entre ses cuisses. Finalement, elle aurait son cunnilingus. Sans chercher à l'exciter davantage, Thomas donna des coups de langue sur son clitoris et poussa son index dans son vagin pour en caresser la paroi sensible. Quelques minutes de ce traitement suffirent à Agathe pour reconnaître les sensations familières de l'orgasme. Elle aurait voulu pouvoir s'accrocher à Thomas ou lui griffer les épaules, mais elle n'avait que ses chevilles à portée de main. La tension lui fit ouvrir un peu plus les cuisses, la rapprochant encore de la jouissance. Dans un soupir, elle indiqua à Thomas combien elle était proche. Et celui-ci cessa aussitôt toutes ses stimulations, lui arrachant une plainte déçue.

Thomas dénoua les rubans de ses chevilles, et elle apprécia un bref instant cette liberté. Puis il attacha ses poignets ensemble, lui laissant la possibilité de toucher ce qu'elle voulait. Il la repoussa un peu pour se glisser entre elle et le mur, la souleva sur ses genoux et la guida vers son sexe. Il la maintint juste au-dessus ; à nouveau, il la laissait décider de la poursuite de l'acte. Tout le corps d'Agathe réclamait cette jouissance interrompue, aussi s'empala-t-elle sur l'objet de son désir et savoura la vague de plaisir instantanée. Thomas n'était pas en reste, il se contenait, mais ses doigts s'enfonçant dans les hanches d'Agathe lui indiquaient qu'il était encore chauffé à blanc de la fellation qu'elle lui avait faite.

Le plaisir de la pénétration était intense, elle ne retenait plus ses gémissements. Son amant l'attira contre lui, la faisant se courber contre son torse pour jouer de la profondeur de sa pénétration. Agathe commença à balancer le bassin d'avant en arrière pour alléger la pression du pénis contre ses parois. Maintenant que Thomas caressait son clitoris, elle tendit les bras en arrière pour les passer derrière la nuque de son compagnon. Sous ses exclamations de plaisir, celui-ci mordilla son épaule, et Agathe se sentit basculer, laissant le soulagement envahir ses sens trop stimulés.

Hagarde, elle s'étendit de tout son long sur la fraîcheur du carrelage avant de réaliser que Thomas n'avait pas joui. Alors qu'elle amorçait un mouvement pour se redresser et l'aider à en finir, son compagnon la fit rester couchée d'un simple geste, comme si les mots étaient devenus inutiles. Elle l'observa montant sur elle, chevauchant sa taille, puis prenant son sexe en main pour se masturber. Par moments, elle sentait le gland ou les doigts calleux frôler ses seins sensibles et elle voyait l'air concentré de Thomas ; lui aussi avait repoussé ses limites, aujourd'hui. Elle accueillit son éjaculation avec délice et tenta d'en recueillir quelques gouttes du bout de la langue, mais déjà son amant s'emparait de ses lèvres pour lui donner le baiser promis.

Pendant qu'ils reprenaient doucement leur souffle, Agathe songea qu'elle allait devoir travailler son endurance si elle voulait supporter la créativité de son amant. Au moins, une chose était sûre : elle ne pourrait plus se plaindre de s'ennuyer au lit.

Le couloir interdit

Émilie Doucin

Je sors à peine de mon cours de danse, crevée, avec une seule envie, celle d'une bonne douche de vingt minutes. C'est fatigant, ces horaires aménagés : j'ai fac de lettres le matin et cours de danse l'après-midi. J'ai beau m'entraîner plusieurs heures par jour entre cours, techniques et étirements, je ne sais pas si mes efforts me permettront un jour d'être engagée dans une compagnie.

C'est plongée dans ces réflexions que je rentre chez moi. Ma mère vient de partir travailler pour une nuit de garde de la vieille dame dont elle s'occupe, et je m'affale dans le canapé du salon. Mon beau-père, le compagnon de ma mère depuis quelques mois, me sert un verre d'eau et s'installe à côté de moi. Il me parle de l'anniversaire de maman, qui est demain, et je l'écoute d'une oreille distraite. Il me raconte qu'il lui a acheté un cadeau, qu'il en est content. Il sort une pochette, me la tend pour me demander ce que j'en pense. Je tire du petit sac un string et un soutien-gorge dans les tons rosés, ornés de volutes en velours. Je suis gênée de me trouver juge de leur intimité et lui dis que ces dentelles sont assez coquettes, tout en lui rendant les tissus. Il me dit qu'il doute des tailles, qu'il ne voudrait pas se tromper, qu'on a à peu près le même gabarit ma mère et moi et qu'il serait vraiment heureux si je pouvais les essayer pour s'assurer qu'il a fait le bon choix, que notre type de physique fin, galbé, et à gros seins n'est pas évident à tailler. Et il insiste tant que, blasée, je concède d'essayer ça vite fait, mais vraiment deux minutes.

Je m'enferme dans la salle de bains, prends la culotte entre mes doigts et en évalue la taille en tirant sur l'élastique contre mes hanches, applique les bonnets du soutien-gorge sur ma poitrine, par-dessus mon pull, et lance à travers la porte un « C'est bon » à mon beau-père qui m'a suivie dans le couloir.

— C'est vrai ? Ça va ? répond-il. Le soutien-gorge, il est plongeant ? Non, parce qu'elle déteste quand ça coupe les seins en deux, ou que ça les écrase.

Mal à l'aise de ma duperie, je ne sais comment lui répondre.

— Émilie ? Je ne voudrais pas te gêner, mais… tu me montrerais ?

— J'étais en train de me rhabiller, dis-je prestement.

— Non, non, mais vite. Je regarderai à peine, c'est pour voir la forme, insiste-t-il.

Son ton d'homme dépassé par des colifichets qu'il connaît mal, et sa volonté de bien faire m'attendrissent et je me déshabille en hâte afin qu'il ne devine pas que je m'étais jouée de lui.

Le string est vraiment étroit et peu couvrant. Le soutien-gorge est assez confortable, mais la coupe est tellement décolletée que la naissance de mes tétons est visible. J'ouvre la porte de la salle de bains. Mon beau-père est à quelques pas dans le couloir et me demande d'avancer parce qu'on n'y voit rien ici. En me tenant les seins, je le suis jusqu'au salon tout proche quand on entend une clé tourner dans la serrure. On panique tous les deux. *« Ta mère a dû oublier quelque chose »*, chuchote-t-il. Et il me tire par le poignet. On se précipite dans le couloir qui mène aux chambres, comme coupables. Il ouvre la penderie, me pousse au fond et rentre derrière moi en refermant sans bruit la porte. Il me tient fermement par le bras droit, dans le dos, entre mes fesses et lui.

On ne bouge pas. Il est clairement aussi anxieux que moi. L'espace, qui doit faire un mètre carré, est rempli de vêtements. On retient nos respirations. Maman nous appelle, attend, commence à marcher dans la maison, demande si on est là, et se dirige vers sa chambre. Elle fouille dans ses tiroirs. Le temps est long, mon souffle est court. Je me rends soudain compte que mon beau-père plaque ma main droite contre lui. Dans ma paume, je sens que ça gonfle. J'essaye de retirer ma main, mais il la serre fermement. À travers le tissu de sa djellaba, son sexe grossit. Le tissu glisse et remonte. Je n'ose faire le moindre mouvement. Je baisse les yeux : mes tétons, qui dépassent maintenant complètement du soutien-gorge, sont écrasés contre le mur. Sa bite s'élargit encore sous mes doigts quand le tissu disparaît pour laisser place à la peau moelleuse de son membre ; il est énorme.

Le sexagénaire démarre alors de lentes rotations du bassin. Son souffle sur ma nuque est chaud. De sa main gauche, il dégrafe mon soutien-gorge avant de la glisser sur mon ventre et d'attraper mes seins à pleines mains. « *Jean-Luc, s'il te plaît…* » chuchoté-je. Il lâche mon poignet, et de ses deux mains masse mes seins tout en frottant son bassin au mien alors que son sexe s'est immiscé entre mes cuisses.

— Maman… murmuré-je sans réfléchir. Mais qu'est-ce que tu fous, gros dégueulasse ? Je te jure que je lui dirai tout. Si tu continues, je sors en hurlant.

Il s'arrête, et à cet instant, on entend la porte d'entrée claquer et la clé tourner.

— Salaud ! crié-je, en le repoussant d'un grand coup de cul, et en m'aidant de mes coudes pour le rejeter à l'extérieur du placard.

Il se retrouve par terre, misérablement assis sur les fesses, les jambes pliées laissant apparaître son érection soutenue par deux grosses bourses. Je m'en vais lui donner un coup de pied, mais il l'attrape au vol et me fait basculer sur le sol.

— Ma jolie petite Émilie, mon Émilie sexy, dit-il en me rampant dessus.

Je me retourne vivement pour lui faire face, mais il attrape mes poignets et me lèche le visage du menton aux oreilles, puis en travers des yeux. Ce faisant, il se frotte à mon corps avec tout le poids de ses soixante ans.

— Dis-moi, tu l'aimes bien, ton copain ? Il te baise bien ? Si tu me laisses te baiser, je parlerai de lui en très bons termes à ta mère. Tu sais bien qu'elle ne le porte pas dans son cœur.

Je pense à mon ami Jean, et malgré moi me mets à mouiller. Je l'ai rencontré il y a deux mois et nous vivons une passion amoureuse hors du commun. J'aimerais tellement qu'il soit là et que ce soit lui qui me force, comme ça, moi qui l'encourage à être un peu plus fou, plus ardent encore.

— Et si tu veux, rien ne t'empêche de penser à lui si tu m'autorises à te baiser, me dit mon beau-père en glissant ses doigts sous mon string.

Je n'ai pas beaucoup d'expérience, et ce geste, je ne le connaissais pas. Je me suis toujours déshabillée avant de faire l'amour et j'ai l'impression de goûter à un érotisme inédit. Je n'arrive plus à le repousser. D'un seul coup, la bite de Jean-Luc me fait envie, mais je me maudis de ressentir ça. Pour ne pas succomber entièrement, je repousse de plus belle ses coups de langue et ses baisers, en tournant la tête, en le cognant du front, en mordant son menton.

À ce moment-là, ses doigts s'introduisent dans mon sexe, droit vers ce point dont j'ignorais encore l'existence il y a quelques semaines. Je gémis et il profite de cet abandon pour me bouffer les seins à me faire trembler de plaisir. Je regarde sa tête et vois son crâne briller sous ses cheveux gris épars, et je me dis que Jean sera peut-être comme ça dans quarante ans. Je ferme les yeux et trouve une solution pour transformer la situation. C'est Jean qui me touche, qui me suce, qui m'avale. Je me sens tout excitée et remue le corps comme un petit poisson frétillant à la recherche d'un contact encore plus rapproché. J'ai envie de lui proposer de me suivre dans mon lit, mais je ne veux pas lui faire ce plaisir et me contente de remuer plus encore pour l'encourager.

— Tu me flattes, ma petite Émilie. Tu la veux, ma grosse bite ? Dans ta petite chatte toute chaude.

Je mêle à mes halètements une intention de mépris et de dégoût que je prends soin de ne pas rendre tout à fait décourageante. Il comprend très bien où j'en suis, tant et si bien qu'il se tait lorsqu'il écarte mon string pour engager son gros sexe dans le mien. Il se met à glisser lentement en moi, trop lentement, en prenant un plaisir intense, semble-t-il. Il est tellement lent que je sens chaque parcelle de sa peau lustrée, et que ça me donne envie de l'engloutir entièrement, définitivement en moi.

— Émilie… murmure-t-il.

Il sait qu'il a fait l'erreur de parler, que j'ai besoin de silence pour me projeter, et son mot s'arrête net. Mes sensations sont si puissantes que l'envie de clamer, de scander un prénom me harcèle ; le sol me fait mal, je rêve de mon matelas, et pourtant, je n'ai pas le droit, ni de crier « *Jean !* » ni d'inviter Jean-Luc à venir se glisser sous mes draps. Nous sommes alors dans la même obligation de nous taire et une complicité tacite autant qu'insupportable naît entre nous. Instinctivement, je resserre mes bras sur lui. J'ai envie de donner à cet homme qui me donne du plaisir. Et il reçoit mon geste avec tact, sans ouvrir la bouche, en cachant son visage dans mon cou.

Nos corps réclament plus maintenant, et le rythme de ses coups de reins augmente. Jamais Jean ne m'a baisée comme ça. Sa bite n'a jamais insisté sur ces zones dont cet homme maîtrise si bien la carte. Une reconnaissance passionnée me pousse à partager cette chevauchée en l'aidant de mon bassin effréné et avide.

— Ém… souffle-t-il encore.

— Arrête, arrête, dis-je en bougeant plus vite.

Toujours plus excitée, je redouble d'ardeur en soulevant mon cul de terre pour sentir sa bite sous un autre angle.

— Arrête, prononcé-je à nouveau.

Alors, tout à coup, ces mots prennent part à mon excitation, et je les répète encore, toujours, en accélérant la cadence.

— Prends-moi par-derrière, dis-je en le repoussant pour me mettre sur le ventre.

Et je lui tends ma croupe, le plus haut possible, tout en maintenant mes seins au sol. Il m'entoure le ventre d'une main et me presse la hanche de l'autre en faisant glisser son sexe tout le long de mon con. Il répète ce geste plusieurs fois, de haut en bas, me tartinant les lèvres de cette substance dont je suis coupable.

— Vas-y, vas-y. Fourre-moi !

Mais il me fait languir et continue son exploration superficielle jusqu'à la cruauté. Je sens que des mots lui brûlent les lèvres. Je le sens car le plaisir est parfaitement partagé, et que je retiens les miens. J'ai envie de lui hurler mon amour, mais il serait plus opportun de l'insulter. Alors, je me tais car je ne veux pas le faire fuir. Il choisit ce moment pour s'immiscer d'un seul coup dans mon sexe et me culbute de toutes ses forces. Je crie sous l'effet d'un plaisir inouï.

— Arrête, arrête, dis-je encore, surexcitée.

Il se calme à ces paroles et je suis déçue de cette incompréhension.

— Ça te fait mal ? demande-t-il.

Je ne peux supporter le son de cette voix, et il est hors de question de dialoguer.

— Encore, encore, fais-je alors, dégoûtée de moi-même, un peu refroidie.

Et je me promets de ne plus ouvrir la bouche. Il semble avoir compris et me tambourine jusqu'à la douleur, cette fois, mais je n'ose rien dire. Il ne change plus de rythme et me baise allègrement, persuadé que nos sensations sont réciproques. Mes genoux me font mal, je regrette amèrement mon lit. Je me mets à plat ventre et immobilise son bassin de mes mains pour recommencer une danse plus lente. Sa verge est tellement gonflée que mon plaisir reprend toute sa place. Je me sens monter. J'ai une folle envie de connaître l'orgasme qui m'attend, et plus ou moins consciemment, pour l'exciter, je plie les jambes et remonte mes pieds vers son cul. Je sens qu'il se retourne pour les regarder. C'est un ancien danseur, et je sais qu'il est sensible au cou-de-pied et à mes pieds particulièrement : il m'a plus d'une fois complimentée à ce sujet. À combien de reprises, alors qu'il me conseillait dans mes étirements, je l'ai vu les regarder avec insistance, et j'ai dû accepter qu'il les corrige en les prenant à pleines mains.

Sa bite commence à battre et il s'arrête tout à coup. Je l'encourage à continuer, mais il retient ses mouvements. Je me mets à tourner sur son gros bâton immobile, allant chercher les étincelles là où j'en ai besoin, rythmant moi-même la force de mes sensations, faisant monter, comme autour d'un godemichet, mon orgasme imminent. Je gémis et il reconnaît les sons que j'émets comme ceux du plaisir ultime. Je commence à jouir follement. Mais il se retire alors que je suis en pleine montée.

— Enfonce tes doigts ! lui intimé-je.

Il les fourre dans mon sexe et attrape sa grosse bite qu'il secoue à une allure effrayante. Je me retourne pour voir ce spectacle mieux encore et engouffre mes doigts à côté des siens, tout au fond de moi. Et ce faisant, il agite sa verge luisante en farfouillant mon sexe de son index et de son majeur, tout en appuyant son pouce sur mon clitoris. Il a créé un tel manque en moi en se retirant, que j'ai envie d'avaler son sexe.

— Approche, approche, dis-je ne me léchant les lèvres et en les mordillant.

Jean-Luc ne se fait pas prier et fait disparaître en une seconde sa bite dans ma bouche. Je le suce à me décrocher la mâchoire, et mes doigts redoublent d'ardeur en moi, aux côtés des siens. Je jouis une deuxième fois et je sens sa verge durcir encore. J'étouffe. Normalement, j'écourte les pipes que me demande Jean, mais là, j'ai envie de la bouffer. Je la veux tout entière en moi. Je la lèche, fais le tour de son gland charnu avec ma langue, la gobe de tout son long, la rejette pour la reprendre, la saisis de mes doigts souillés et la secoue de plus belle.

— Jouis sur mon visage, réclamé-je. Jouis !

Et bien que repue de plaisir, je ne peux m'empêcher de me toucher de nouveau, d'enfoncer mes doigts dans mon sexe, très loin, tandis qu'il reprend sa bite pour la secouer au-dessus de mes yeux. Et plus il s'acharne, plus je deviens folle. Plus je lui demande de jouir, plus une joie intense monte encore en moi. De petites gouttes commencent à tomber sur mes joues, et cela m'excite tellement que j'accélère les mouvements dans mon vagin. Il se penche un peu plus sur mon visage et envoie une giclée dans ma bouche entrouverte. Je crache malgré moi, puis, l'excitation l'emportant, j'ouvre la bouche pour qu'il finisse de décharger au fond de ma gorge, convulsant sous un troisième orgasme dont je ne me savais pas capable. Je hurle de plaisir et fais glisser sa bite sur mon menton enduit de foutre, contre mes lèvres trempées.

Il s'affale à côté de moi, et nous nous retrouvons tous deux en étoile, dans le couloir, épuisés et repus. Nous ne nous regardons pas.

Enfin, il se lève et m'apparaît tel qu'il était quand je suis rentrée tout à l'heure, digne dans sa djellaba, paisible. Quant à moi, à moitié nue dans des dessous presque inexistants, je n'ai plus qu'à aller me rhabiller.

« Le lit c'est sympa, pensé-je en entrant dans ma chambre. *Mais je me le réserve pour Jean. »*

Ice-Cream

Rita

Paola est en retard. Comme d'habitude. En même temps, avec tous ces embouteillages et ces touristes, c'est un peu normal. Tout le monde reste dehors en ce moment, nous sommes fin septembre, et l'été n'en finit pas. Ce matin, il faisait déjà 28 °. Paola a pris une douche gelée avant de partir, puis elle est restée toute mouillée sous sa minijupe, mais en quelques minutes, elle bouillonnait à nouveau.

Paola sort de la bouche de métro. Il y a déjà la queue pour les grands ascenseurs. Ils veulent tous monter au sommet de la tour Eiffel et voir Paris d'en haut. Paola, ce qu'elle aime, c'est voir la Tour, fière et métallique, se dressant nuit et jour. Elle travaille à ses pieds, dans une roulotte toute rose qui vend des glaces et des beignets. Elle a mis ses talons aujourd'hui, elle aime les entendre claquer sur le bitume. Antoine, l'homme avec qui elle travaille, aime bien quand elle les met. Ça l'excite. Et elle, ça la fait mouiller de l'exciter. Échange de bons procédés… Ils couchent ensemble parfois, mais ce n'est pas son mec. Paola ne veut pas d'un mec, d'un seul, elle en veut plusieurs. Interchangeables à l'envi. Et puis Antoine n'est pas vraiment son type. Il est beau gosse, mais il est trop petit et trop poilu. Par contre, pour leur plan cul, il est parfait. Curieux, vicieux, avec une queue bien large et solide. Et puis, c'est un mauvais garçon, avec du vice et de la malice dans chaque pupille, et Paola aime ça. Avec cet homme au tempérament de feu, elle ne sait jamais à quoi s'en tenir. Il peut la prendre n'importe où, n'importe quand.

La première fois, ce fut dans un lit, lors d'une soirée chez des amis à lui. Il l'avait suivie discrètement dans les couloirs et l'avait poussée dans la première pièce venue. Ce fut une chambre, malheureusement. Malheureusement, car Antoine n'aime pas ça, les draps qui s'entortillent, le matelas moelleux et les coussins qui s'agglutinent. Ce fut donc leur seule et unique fois dans un lit. Après cela, Antoine s'appliqua à bien choisir les occasions et à la prendre partout sauf dans un lit.

Les toilettes du bistrot de quartier avec leur lavabo parfaitement étudié pour que Paola puisse y mouler ses fesses, les fauteuils rêches et démodés du cinéma *Le Satellite*, les bancs de ferraille froids et rigides ponctuant les parcs aux heures sombres, l'escalier de service de l'hôtel Marbella avec sa rampe couleur bronze, la remise de la droguerie de son oncle avec ses cartons poussiéreux empilés, les vestiaires moites et chlorés de la piscine municipale, les murs des ruelles, les arbres des forêts, les capots des voitures stationnées, les cagibis encombrés… tout l'inspirait.

Paola essaya une fois de lui proposer son lit avec des draps de soie, mais l'étalon refusa. Trop facile, trop prévisible. Il lui fallait du piment à Antoine pour s'éclater en baisant. Paola s'était donc adaptée à cette étrange relation, exclusivement basée sur le sexe en dehors du lit.

Antoine est accoudé au comptoir du camion et la regarde arriver. Il penche la tête, lui fait un clin d'œil, passe sa langue gourmande sur sa lèvre supérieure. C'est le cocktail minijupe/talons, effet garanti. Paola ralentit le pas et se tortille pour faire durer le plaisir, puis elle grimpe à ses côtés dans leur carrosse. Il a mis son jean moulant, celui qui lui fait des fesses d'apollon, et au travers duquel elle surprend souvent son sexe en érection. Antoine ne la lâche pas des yeux. Il semble déjà très chaud. Paola sent son regard qui la mate et l'électrise. Il est déjà gonflé à bloc et l'arrivée lascive de Paola a fini de l'exciter. Les prochaines heures de travail s'annoncent difficiles. Il va leur falloir résister à l'appel sauvage, et vendre des beignets fourrés face à la tour Eiffel en érection. Torture.

Paola prend une grande inspiration, enfile son tablier et tente de noyer le poisson en racontant à Antoine son altercation avec le concierge. Antoine n'en a évidemment rien à faire et continue de l'observer sous toutes les coutures. Les jambes juchées sur les talons, la ficelle du string qui se dessine sous la jupe miniature, les tétons pointant sous le tee-shirt en coton, les aisselles humides, la bouche rose paillette. Il s'attarde sur les détails et se régale. Il sent aussi l'odeur de la femme concupiscente. Il la renifle et perçoit le parfum de son entrejambe. Ses narines vibrent, et ensuite, c'est tout son corps qui se redresse. L'étalon est lâché, il salive et se retient de baver. Cette femelle est bandante.

Paola, qui n'est pourtant pas farouche, est déstabilisée par ce regard obscène. Elle est fascinée, et en même temps, effrayée par cette parade lubrique. Comme si tout ce désir brut, c'était trop pour elle.

Un client arrive et la délivre de l'emprise pénétrante d'Antoine. Le bonhomme la regarde derrière ses lunettes immondes et lui commande un cornet XXL avec supplément chantilly. De quoi lui occuper l'esprit. Paola se met en action. Elle est concentrée et s'applique. Elle reste focalisée sur les bacs et leurs sorbets multicolores. Elle parle aussi pour se distraire et raconte au monsieur ce qu'elle a entendu sur cette canicule automnale. Le monsieur semble plus intéressé par son décolleté que par ses théories fumantes, mais il hoche la tête à intervalles réguliers pour faire diversion. Antoine n'est plus à côté de Paola. Sûrement en train de fumer une cigarette à l'arrière du camion. Paola, d'abord soulagée, ne peut retenir un soupir frustré. Finalement, le regard pervers d'Antoine, c'était plutôt bon.

Mais Antoine n'est pas à l'extérieur à calmer ses pulsions dans la fumée de nicotine. Non, il est sous le comptoir et fait mine de fouiller dans un carton. Il n'a pas capitulé, au contraire, il passe à l'action. Il se rapproche d'elle. Il est à ses pieds, et elle peut sentir son souffle sur ses mollets. De ses mains, il frôle ses escarpins, ses chevilles, puis il pose ses lèvres sur son genou. Paola frémit et laisse tomber la cuillère dans le bac de glace. Elle ne sait plus ce que le monsieur a commandé et le fait répéter en bégayant. Antoine ne se préoccupe pas de son malaise et poursuit son exploration. Il sort sa langue humide et remonte jusqu'à mi-cuisse. D'une main ferme, il l'encourage à écarter davantage les jambes. Ses talons s'exécutent et s'éloignent l'un de l'autre de quelques centimètres. Paola sent sa jupe qui s'étire le long de ses cuisses, et sa vulve s'ouvrir fiévreusement. Elle sent comme une vague humide qui s'empare de son sexe et se mordille les lèvres.

Le monsieur qui attend sa glace regarde la vendeuse se pencher de plus en plus. Paola est gourmande, et cet homme entre ses cuisses, ça l'inspire. Elle se cambre et se tortille sans se rendre compte que le client qui lui fait face bave et fait les yeux ronds. De toute façon, elle n'en a rien à faire de ce voyeur à lunettes, au contraire, il la stimule.

Antoine s'arrête un instant et contemple la chatte de sa proie. Paola porte un string. Minuscule. Il peut voir ses lèvres luisantes et gonflées qui s'échappent de la ficelle. Il peut deviner son clitoris durci sous le coton brodé. Il se rapproche de l'objet du délit et renifle passionnément le bout de textile miniature. Paola sent le nez d'Antoine qui se frotte contre sa fente et elle écarte un peu plus les jambes en espérant qu'il s'y engouffre plus profondément. Mais Antoine se recule, et Paola en perd sa dernière boule parfum vanille. Frustrée, elle racle le bac avec insistance, mais ne parvient pas à la récupérer.

Antoine, après avoir caressé le cul de sa belle, se met à l'examiner. Pour cela, il remonte la jupe de Paola, l'invite à resserrer les jambes, puis fait glisser le string jusqu'à ses genoux, ses chevilles, ses escarpins, le libère, le frotte contre sa joue et ses narines et le pose sur le linoléum. Il écarte de nouveau les jambes de Paola tandis qu'elle tend le cornet au monsieur qui bave. Le client en commanderait bien un second, histoire de lorgner plus longtemps les mamelles de cette poupée vulgaire, mais sa femme et son chien l'appellent, assis sur un banc. La mégère râle et le chien grogne. Le monsieur paye et s'en va, avec dans son pantalon une érection XXL.

Paola voudrait se baisser et mettre la queue d'Antoine dans ses mains dégoulinantes de vanille, mais le client suivant est déjà en place. Une femme avec un serre-tête et une chemise blanche boutonnée jusqu'au ras du cou. « *Sainte-Nitouche* », pense Paola en posant un de ses talons sur le barreau du tabouret à sa gauche. Dans cette position, une jambe droite et l'autre légèrement remontée sur le côté, Paola peut sentir sa fente parfaitement offerte. Antoine jubile et examine la croupe ouverte. Il voit l'anus, brun et palpitant, se contacter et se rétracter sans retenue.

La vulve tendue se gonfle et s'impatiente. Les poils blonds, brillants et humides, ne parviennent plus à cacher le clitoris. Paola est encore plus excitée avec cette nonne sous son nez. Elle lui a commandé trois cornets, et Paola s'exécute tout en pensant à son cul bien écarté qui s'exhibe à Antoine, au-dessous, qui l'ausculte, à la large culotte blanche de cette sainte qui cache une petite chatte brune et vertueuse, à la tour Eiffel qui bande…

Antoine finit par se redresser légèrement. Il se rapproche des fesses laiteuses de Paola et pose sa langue tendue en bas de sa fente moite, de là il remonte la raie en la léchant goulûment. Puis il recommence. Et recommence. À lécher ce con puis ce cul, lubriques. Paola voudrait gémir, mais elle se contente de sucer son doigt couvert de sorbet passion. La cliente semble choquée par ce geste inapproprié, elle tourne la tête tandis que Paola en profite pour suçoter un second doigt. Paola se cambre un peu plus et aimerait qu'Antoine mette ses doigts. Qu'il la pénètre. Mais Antoine n'en fait rien, il ne la lèche même plus. Il a sorti sa verge dure et la frotte contre les talons de la dévergondée. Paola sent sa bite chaude qui tape contre sa cheville et voudrait se jeter sur elle pour la mettre dans sa bouche, la sucer, la sentir vibrer dans le fond de sa gorge.

Antoine se recule, finalement, et Paola ne le sent plus, ni sur sa peau, ni près de son cul. Elle se dandine et se tortille pour faire revenir le mâle. Sa poitrine frotte contre la glace pistache, mais elle s'en fiche, ça la rafraîchit, et peu importe les grimaces de la pétasse frigide. Peu importe les touristes et leurs bobs qui photographient la Tour et tout ce qu'il y a autour. Peu importe cette place qui grouille et lui fait face, ces barres de fer qui s'entrecroisent, ce monument qui se dresse, fier et patriote. Pour l'instant, Paola aimerait enfourcher la Tour ou n'importe quoi d'autre. Pour l'instant, elle ne pense qu'à une seule chose : être pénétrée.

Paola sent à nouveau la présence d'Antoine entre ses jambes et pousse un soupir de soulagement. Mais rien ne se passe, elle entend juste le bruit d'un papier que l'on froisse. Elle vient à peine de donner les trois cornets à la nonne qu'un nouveau client la saisit. Deux glaces trois boules en commande et deux esquimaux au chocolat. Pour le moment, le cul à l'air, elle ne peut pas se déplacer vers le congélateur rempli de bâtonnets glacés. Paola commence par s'affairer sur les bacs. Elle s'impatiente. Voudrait retrouver la queue, les doigts, la langue d'Antoine. Confond le caramel et le café. Et, d'un coup, sursaute…

À l'intérieur de sa cuisse droite, c'est comme une langue gelée qui glisse. Mais c'est plus dur, plus humide, plus froid. Et ça remonte lentement, jusqu'à s'approcher de sa fente affamée. Ses orifices brillants se contractent à nouveau, cherchant à happer ce chibre glacial. Paola frissonne et sourit. Elle comprend que ce godemichet surgelé est une glace sur bâtonnet. Elle hésite sur le modèle, *Fusée* ou *Mickey*, retient un gémissement, puis se laisse envahir par la caresse givrée.

Antoine fait durer le plaisir, il déplace lentement le bout glacé le long de sa fente. Par moments, il s'immobilise et introduit un ou deux centimètres dans le vagin offert. Puis il ressort. Lentement. Puis recommence à se balader. Puis s'arrête pour titiller le trou de son cul. Paola n'en peut plus, elle en veut plus, alors elle plie les genoux légèrement comme pour s'accroupir afin de sentir la glace pénétrer son anus dilaté. Antoine ne bouge plus, laisse Paola faire ses va-et-vient et met sa main dans son pantalon afin de soulager sa queue. Il se branle tout en regardant la glace rouge se perdre dans le cul de sa belle et dégouliner sur sa peau blanche.

Paola expédie le dernier client en lui disant qu'il n'y a plus d'esquimaux. Il s'en va et elle profite de cet instant de répit pour disparaître elle aussi derrière le comptoir. Sauvage, elle met Antoine à terre, récupère la glace, l'enfourne dans sa bouche, la suce exagérément, puis se jette sur le sexe tendu de son mâle. Sa verge est épaisse, Paola se régale. Elle prend cette grosse queue tout entière dans sa bouche glacée. Antoine aime cette sensation ultra-fraîche qui s'empare de son dard. Il pose ses mains sur la chevelure platine de Paola et, d'une légère pression, l'encourage à le prendre plus profond. La gourmande s'exécute et peut maintenant sentir ses testicules sur le bout de ses lèvres.

Quelqu'un appelle de l'autre côté du comptoir, mais Antoine et Paola restent silencieux. Ils ne sont plus là pour personne. Pendant que Paola, à quatre pattes à ses côtés, suce sa queue, Antoine reprend ses pénétrations congelées. La chatte brûlante de Paola fait fondre la glace à vue d'œil, et il ne reste bientôt plus que le bâtonnet ridicule dans la main d'Antoine. Paola sent les coulées de sorbet glisser le long de sa raie et de ses cuisses. Excitée, elle se cambre pour qu'Antoine continue ses explorations avec le bâtonnet. Mais ce n'est pas assez, Paola suffoque et se tortille, elle sent son vagin se dilater, et son cul, lui aussi, réclamer un bâtonnet plus conséquent. Paola lèche encore la queue d'Antoine, observe ses veines gonflées par le désir et se dit que cette bite serait parfaite pour sa chatte affamée. Elle libère le sexe convoité, se relève, légèrement pour ne pas être visible de l'autre côté du comptoir, pose ses talons de chaque côté du bassin de l'étalon, puis s'accroupit comme pour faire pipi. Là, elle baisse la tête et observe la verge puissante pénétrer ses lèvres luisantes. Paola, sentant son con enfin rassasié, pousse un petit cri de soulagement. Imperceptible. Mais assez sonore pour que…

— Il y a quelqu'un ? C'est pour un ice-cream.

C'est un client qui s'impatiente de l'autre côté, un qui a encore promis un magnum à son marmot. Paola aimerait qu'il foute le camp, qu'il aille lui payer une gaufre à son gamin. C'est bon, les gaufres, et puis comme ça, la glacière elle peut baiser tranquille…

Antoine, allongé sur le dos, regarde s'agiter les seins de Paola. Il aime cette vision. C'est érotique, et en même temps tellement vulgaire, ces mamelles qui vibrent. Le téton en érection, elles narguent le mâle et le défient. Antoine n'y tient plus et empoigne un de ces seins impudiques, le malaxe sans retenue. De l'autre main, il agrippe la fesse de sa cavalière et sent la sueur et le vice qui s'échappent de son anus. Son orifice transpire et le réclame. Antoine répond à l'appel et introduit le bout de son index dans le trou sombre. Le doigt rentre sans retenue ; ça glisse, la débauchée est dilatée. Antoine, encouragé par cet orifice béant, introduit son doigt jusqu'au bout. Profondément. Le pénis et l'index d'Antoine la pénètrent de concert, et Paola se régale. Elle accélère même le mouvement pour les sentir plus fortement.

— Il y a quelqu'un ? C'est pour un ice-cream !

Antoine et Paola l'ignorent toujours, trop occupés à forniquer. Ils savourent cet accouplement sauvage, sans matelas ni coussins. Ils aiment la rigidité du sol et le plastique du linoléum.

L'homme de l'autre côté du comptoir n'est pas dupe. Il sait qu'il y a quelqu'un, et il la veut, sa glace achetée au pied de la tour Eiffel. Il a fait des centaines de kilomètres pour le bouffer, son cornet glacé *made in Paris*, alors ce n'est pas maintenant qu'il va capituler.

Le client fait le tour du camion pour débusquer les fainéants qui refusent de le servir. Il marche à pas de velours, comme un espion, et arrive devant la porte de service. Il l'ouvre délicatement, sans un bruit, sentant que derrière, quelque chose se trame. La porte s'ouvre, l'homme passe la tête et voit le cul de Paola grand ouvert avec un doigt dans son anus luisant et une queue tambourinant contre sa vulve échauffée. Il voit aussi l'homme qui la pénètre. Antoine a remarqué l'intrus et lui fait un clin d'œil. L'homme, pris en flagrant délit, ressort immédiatement. Il halète quelques secondes, esquisse un sourire sadique, puis retourne à l'avant du camion rejoindre son gamin. Essoufflé, mais enjoué, il lui explique :

— Tu vois le toboggan là-bas, vas-y. Je te rejoins dans un moment, je vais aider la dame à préparer les glaces.

Le client est de nouveau à l'arrière du camion. Antoine et Paola le regardent et sont tellement excités qu'ils ne ressentent aucune gêne. Le voyeur se branle tout en savourant le spectacle. Il s'astique à une vitesse folle et décharge rapidement. Satisfait et reconnaissant, l'homme leur adresse quelques mots avant de partir :

— Je suis le gérant de la patinoire de Chamonix. Si vous voulez chausser les patins, vous êtes les bienvenus !

Antoine sourit. Il ne pense ni à la vallée Blanche, ni à la glisse sur les pentes, mais imagine très bien le cul de Paola sur la glace de la patinoire. Après les cornets glacés, le lac gelé… Ni lit, ni draps, juste le sol dur et froid, Antoine n'en a pas fini de bander.

Parking VIP

Daniel Nguyen

Durant le vol, il s'était assoupi dans un demi-sommeil. Ses pensées s'égaraient en flash-backs de leurs ébats. Plus de vingt-quatre heures qu'ils n'avaient partagé la couche, qu'ils ne l'avaient souillée de leurs odeurs, de leurs fluides. Ces images défilaient dans sa tête, sous ses yeux clos. Des images figées, puis animées. De manière incongrue, il se fit la réflexion que ce lit était bien confortable, bien trop confortable et délimitait un espace trop restreint. Ce lit, ils en avaient déjà fait le tour maintes et maintes fois, en avaient froissé les draps dans tous les sens, tous les plis, à l'envers, à l'endroit, sur le côté, de l'autre côté. Son lit, il ne pouvait plus le voir.

Ils avaient bien testé la cuisine, une fois ou deux, mais les possibilités étaient assez limitées, et le carrelage bien trop froid pour leurs corps frileux. Contre la bibliothèque du salon, alors qu'elle faisait mine de chercher un livre pour sa lecture du soir, dans le lit encore. Elle l'avait énervé, il l'avait prise en levrette, elle avait oublié sa lecture. Ce lit, il allait falloir en sortir, d'une manière ou d'une autre, oser se mettre en danger, jouer avec la transgression. Dans ce lit, avant son départ, ils en avaient parlé, ils avaient ri de leurs fantasmes polissons. Un jeu s'instaurait, très puéril, qui allait faire beaucoup de bien à leur relation : cap pas cap. Cela faisait quelques jours qu'il s'immisçait dans leurs conversations toujours à double sens. Dans ces moments-là, c'était leurs vingt ans qu'ils retrouvaient ensemble, évoquant tout ce qu'ils auraient dû réaliser à l'époque, sans en avoir eu l'audace ou même la moindre idée. Ils avaient été très fleur bleue.

C'étaient les années 80, les années New Wave, les années romantiques. Depuis, ils avaient fait du chemin, s'étaient égarés. Aujourd'hui, ils étaient joueurs et profitaient du présent. C'est la charmante hôtesse de l'air qui le tira de sa rêverie, lui signifiant que l'atterrissage était proche, et qu'il devait s'attacher. C'était clair, il commençait à s'attacher à elle. D'ailleurs, il l'avait aussi encordée sur son lit. Elle avait adoré.

C'était la toute première fois qu'elle lui faisait la surprise de venir le chercher à l'aéroport. Le parking du bas peuple étant en travaux en ce début d'été, elle avait garé sa grosse berline familiale dans l'espace VIP, repeint à neuf, tout en rose. Elle avait pris soin de bien choisir l'endroit, pare-brise face à un énorme pilier porteur en béton, entre deux voitures allemandes de bonne capacité, ni trop près de la sortie, ni trop près de l'ascenseur et de l'escalier mécanique. Ils seraient tranquilles, mais pas trop, face à une caméra perchée au plafond dont elle imaginait qu'elle offrait une vue panoramique au PC Sécurité. Les vitres de la berline étaient légèrement teintées, mais en y prêtant attention, on pouvait voir à l'intérieur du C-Max. Le moteur coupé, elle avait fait glisser sa petite culotte en dentelle noire qu'elle avait mis une heure à choisir. Elle avait voulu qu'elle s'accorde à sa robe légère d'été. Elle ne portait pas de soutien-gorge et savait qu'il remarquerait ses tétons pointer à travers la mousseline au premier regard qu'il porterait sur elle. Par contre, son pubis nu, épilé de la veille, le surprendrait forcément. Il n'y avait jamais eu droit encore, alors qu'il lui avait réclamé la chose à plusieurs reprises lors de sorties nocturnes. Elle avait préféré ôter cet objet de désir devant lui, en seconde partie de soirée, soit sous son porche, soit dans l'entrée. Il avait fini par renoncer à son fantasme qu'elle soit disponible, sans culotte, au milieu des convives, des spectateurs ou des voyageurs.

Plusieurs fois, il avait eu les mains baladeuses, et elle avait arrêté ses doigts tout contre la dentelle humide de son désir de lui, juste pour qu'il le perçoive, juste pour qu'il ait très envie de rentrer prématurément. Elle avait plié soigneusement cette petite culotte dont elle pensait qu'il l'aimerait et l'avait rangée dans la boîte à gants, sur les cartes routières. Elle guetterait sa réaction quand elle lui demanderait de l'ouvrir pour jouer au copilote. Elle était fin prête, la demi-bouteille de champagne fraîche bien emballée dans le petit sac à dos à l'arrière avec ses deux flûtes. Elle claqua la porte conducteur, actionna le bip et le rangea dans son tout petit sac qu'elle portait à son épaule nue.

Il revenait d'une réunion d'affaires en province, chargé de sa valise à roulettes. Malgré la chaleur, il portait fièrement son costume sombre, sa cravate était dans sa poche et son col de chemise ouvert. L'avion était à l'heure et dès l'atterrissage, ils avaient échangé des textos. C'était leur premier week-end provincial. Il appréhendait un peu de passer ces cinq jours seul avec elle. Jusqu'ici, ils n'avaient pas été au-delà de trois jours et nuits, leurs corps exténués implorant le repos compensateur. Mais là, ils avaient plus de quatre cents kilomètres de route et il avait fallu prolonger le séjour pour que la propriétaire finisse par lâcher l'affaire et leur laisser les clés. À cent quarante euros la nuit, si le lieu correspondait bien au descriptif et aux quelques images qu'ils avaient trouvées sur le site internet, c'était une aubaine qu'ils ne pouvaient pas manquer. Plus il s'approchait de cet escalator final, plus son palpitant battait la chamade, plus leurs messages étaient brefs, dénués de toute autocensure.

Il avait laissé ses collègues se précipiter à la sortie de l'avion, prétextant qu'il était attendu et qu'il ne prendrait pas le taxi avec eux, pas cette fois. Il ne la vit pas immédiatement. A priori, un groupe de conférenciers devait être attendu. Les abords des portillons, marquant la fin de cette interminable descente, étaient encombrés de chauffeurs qui tendaient bien haut leurs pancartes. Ce n'est qu'en bas qu'il put à peine distinguer sa frêle silhouette, en retrait, à côté des distributeurs de tickets de parking.

Enfin, elle le voyait arriver, droit comme un piquet, engoncé dans son costume strict de manager qui le rendait si sexy à ses yeux. Cette attente lui avait semblé interminable et puis, elle, elle savait. À plusieurs reprises, elle s'était demandé si ses voisins, qui attendaient visiblement des proches, s'étaient rendu compte. Elle se sentait ruisselante sans sa culotte. Le moindre courant d'air de la climatisation du hall faisait frissonner ses grandes lèvres totalement nues. Elle avait l'impression que son bouton s'était de lui-même débarrassé de son capuchon, le moindre effleurement de sa robe lui faisait de l'effet. Elle ne savait plus comment se poser. Croiser les jambes, faire les cent pas, s'accouder au distributeur de tickets de parking ? Elle rougissait, se demandant si sa robe n'était définitivement pas trop indécente, si elle n'annonçait pas de manière trop évidente la surprise qu'elle lui réservait. Elle avait voulu se toucher, vérifier si cette impression de mince filet de cyprine sur l'intérieur de ses cuisses était une réalité ou le fruit de son imagination prolixe.

Plus la silhouette de son amant se rapprochait, plus son sourire se précisait, plus elle sentait son ventre se nouer, plus elle craignait ce filet qui semblait si vrai. Elle avait cherché une surface vitrée pour se voir, mal, mais se voir, pour vérifier discrètement que rien d'indécent ne transparaissait. Rien. Extérieurement, tout semblait normal, même sa robe légère qui était tout à fait de saison et ne dénotait pas au regard des choix vestimentaires des autres femmes déambulant dans ce hall. C'était dans sa tête, sa petite poitrine en pommes, son ventre, son sexe et ses jambes chancelantes. Ils ne se connaissaient pas encore assez pour qu'il puisse lire en elle ce trouble extrême de l'envie animale au milieu de cette foule de départ de grand week-end, son appréhension de la surprise et de sa réaction. C'était une première fois pour elle. Première fois qu'elle attendait son amant dans un hall d'aéroport sans culotte, fesses et sexe à l'air, à quelques centimètres de la limite de sa robe, tétons insolents. Elle déglutissait sa salive trop abondante, se retenait comme d'une envie de pisser, mais elle n'avait pas envie d'uriner. Elle avait une envie folle de lui, tout de suite, dans ce hall, au beau milieu des gens, les anonymes, les délurés qui n'imaginent même pas une seconde la pièce qui se joue sous leurs yeux.

Ressentait-il le même désir ? Était-il aussi insupportable pour lui d'attendre ? Il aimait beaucoup jouer avec sa frustration. C'était à celui qui craquerait le premier. Ils adoraient ces films de l'avant qu'ils se racontaient après. Ils n'étaient pas que bestiaux, que pulsions. Ils avaient besoin de cogiter. Ces avants étaient importants pour eux. Ces avants présageaient de l'explosion qui s'ensuivait fatalement. Ils adoraient jouer, bien que le lit soit devenu un peu trop constant au final.

Arrivé à sa hauteur, il lâcha sa valise qui s'immobilisa d'elle-même comme un chien bien dressé. Elle se mit sur la pointe de ses escarpins, tendit les lèvres. Il la prit par la taille, la serra fort et l'embrassa à pleine bouche. Leurs langues dansèrent longuement, les yeux fermés. Instinctivement, sa main cherchait la ficelle du string qu'il adorait titiller. Trop absorbé par le baiser et cette abondance de salive, il ne la trouva pas et ne se posa pas de question. Elle ne lui en laissa pas le temps, enlaçant ses doigts dans les siens. *« Je suis dans le parking VIP au niveau -3. Nous devons prendre un ticket »*, lui fit-elle d'un ton enjoué. Il ne s'en étonna pas plus que cela : elle était toujours enjouée quand ils se retrouvaient, c'était comme ça. Il était juste surpris qu'elle soit venue en voiture, car ils avaient prévu de sauter dans un avion. Elle lui expliqua que tous les vols étaient complets, et que de toute manière, ils auraient dû louer un véhicule sur place. Ils firent la queue pour le sésame de sortie. Il tenta bien de lui tripoter les fesses. Elle le repoussa gentiment. Il tenta de titiller ses tétons dont il avait remarqué l'érection depuis les dernières marches de l'escalator. Elle le réprimanda affectueusement. Il la trouva prude et presque timide. C'était inhabituel.

Il se dirigea vers l'escalier, et elle l'entraîna vers l'ascenseur discrètement dissimulé dans un coin. Seuls les initiés et les handicapés en fauteuil roulant savent.

Cette attente, elle en jouissait presque, pour une fois que c'était elle qui avait la main. Bien qu'il ne veuille rien laisser paraître, elle savait qu'il était très troublé. Il avait même failli oublier son bagage devant le distributeur. Elle adorait ce sentiment de puissance, et son ruissellement réel ou non, entre ses cuisses nues, la mettait en joie. Elle avait perdu toute pudeur, toute gêne. Seules cette montée du désir et sa perception du sien à lui importaient. Ils étaient au fond de la cabine, deux malabars en costard-cravate leur bouchaient la vue et faisaient office de paravent devant la surface vitrée. Ils auraient pu être jumeaux avec leurs écouteurs dans leurs oreilles. Dos à lui, elle plaquait sa cambrure avec exagération, comme si elle ne pouvait faire autrement. Elle sentait sa bosse ferme entre ses fessiers nus sous cette robe légère. Elle sentait ses mains entourer sa taille, se glisser dans l'aine, suivant les courbes de ses hanches. Elle entendait son souffle dans son oreille et frétillait au contact de ses lèvres sur sa nuque, frissonnait au son de ses narines humant ses cheveux tout juste secs. À l'avant-dernier niveau, les Américains descendirent. Enfin seuls ! Les portes vitrées se refermèrent et l'ascenseur reprit sa course lente. Il craqua !

D'un coup, sa main fila sous l'étoffe, au contact direct de sa hanche nue, puis descendit directement le long de son pubis taillé et deux doigts comblèrent enfin le vide béant et trempé. Il laissa échapper un râle de surprise. Ces doigts étaient impérieux, crochus pour le bonheur de son point G. Elle respira à pleins poumons et trouva la force de le repousser juste avant que la porte articulée ne s'ouvre devant elle. Par chance, il n'y avait personne, mais elle remarqua cette grosse boule de verre fumé, campée sur le plafond, comme une caméra de supermarché. *« Mais tu n'as pas de culotte ! »*, parvint-il à lui chuchoter d'une voix tremblante d'émotion. Elle se retourna et lui décocha son sourire ravageur de la victoire. *« Eh non ! »* lui répondit-elle d'une voix distincte et fière.

C'est lui qui rougit de surprise et qui sembla presque honteux. Sa bosse était proéminente, outrageusement rehaussée d'une humide et sombre tache sous la ceinture. Elle n'en espérait pas tant. Elle savait qu'il savait qu'elle avait remarqué. D'habitude, quand ils se voyaient, il portait toujours un jean épais, pour éviter cela, lui avait-il confié, car, fortement excité, il ne pouvait s'empêcher de mouiller du gland abondamment.

Pour la première fois depuis leur rencontre, il se sentait désarçonné. Elle avait pris le dessus sur lui, lui le dominant, l'expert en emprise. Il ne savait plus comment cacher son trouble, d'autant plus que des voyageurs arrivaient de l'escalator dans leur direction. Il ne savait plus où regarder. Il la pressa de rejoindre la voiture. Elle riait, et ses yeux éclataient de la jouissance du succès de son entreprise. Elle avait réussi à lui faire perdre la maîtrise, à le faire mouiller à travers son pantalon de costume. Il en tenait une impressionnante qu'il ne pouvait nier. Plus il tentait de s'extraire de cette excitation, plus il pensait qu'elle ne portait pas de culotte, que son sexe était directement accessible, nu, en demande et disponible, prêt à accueillir son membre. Il aurait voulu la plaquer directement contre le poteau de béton rose, la prendre en levrette sans précaution. Mais il n'en fit rien. Une famille au complet s'avançait vers eux. Il pressa le pas, la prenant par la taille. Il fallait fuir avant de commettre l'irréparable. Il fallait vite se réfugier dans la berline et reprendre ses esprits. Estelle se révélait encore plus vicieuse que lui, encore plus inconsciente du danger, plus hardie que lui.

Elle découvrait une nouvelle source de jeu et d'excitation entre eux. Il était partagé entre peur de ne plus se contrôler et désir fou. Elle goûtait à ce pouvoir nouveau qu'elle avait sur lui. Lequel d'entre eux était le plus libéré, le plus transgressif et le plus fou ? Leur combinaison frisait la perfection dans le vice. Ce parking VIP était forcément truffé de caméras de sécurité. Quelque part, dans une salle à quelques niveaux au-dessus ou en dessous, des agents scrutaient leurs écrans à longueur de journée, à l'affût de la séquence qui allait les sortir de leur routine. Peut-être même avaient-ils organisé un best-off qu'ils se repassaient tard dans la nuit, bien après le dernier avion. Elle allait leur en donner. Et lui s'en souviendrait toute sa vie du parking VIP.

Maintenant, elle le savait, elle voulait être l'inoubliable. Leur relation tenait essentiellement au sexe, son intensité, leur imagination débridée, leur capacité à faire monter les enchères. Cela ne durerait pas indéfiniment, mais il s'en souviendrait avec nostalgie. Elle aussi. Elle actionna la clé électronique. Les warnings clignèrent et ce fut avec soulagement qu'il délaissa sa taille pour s'engouffrer dans le véhicule, la laissant seule loger le bagage dans le coffre, le goujat.

Il était au bord de la panique. Les trois marmots s'étaient mis à courir et se rapprochaient dangereusement. Ils passèrent à leur hauteur quand elle referma le coffre et le rejoignit. *« Tu es complètement folle ! »* lui dit-il avec un large sourire, le cœur palpitant. La porte côté conducteur claqua. La bulle se referma sur eux rendant les bruits environnants feutrés. Elle se pencha sur la banquette arrière. Il ne put refréner son geste. Ses mains se plaquèrent sur ses fesses, les dénudèrent tout à fait jusqu'à la taille. Elle eut un léger couinement de surprise surjouée. Il la goûtait de toute sa langue, écartant les lobes de ses doigts experts, les lèvres grandes et petites de son appendice enduites de sa salive généreuse. Elle gesticulait pour le principe, se cambrait de plus belle, provocante, animale à souhait. Puis elle se retourna et lui mit la demi-bouteille de champagne bien fraîche contre la bosse, bien calée dans son entrejambe, et les deux flûtes dans les mains.

Elle avait tout, absolument tout prémédité comme dans un scénario de cinéma, chaque séquence, au millimètre près. D'un geste sûr, comme répété maintes et maintes fois avant la prise, elle déclencha la chaîne hi-fi, ouvrit la boîte à gants, y enfourna la bouteille, lui laissant les verres dans les mains, histoire de ne pas être interrompue, puis se pencha prestement sur sa braguette qu'elle coinça entre deux doigts alertes. Cette préméditation ne souffrait aucune interruption, aucune improvisation, tout avait été conçu en une seule longue prise.

Elle libéra son membre tendu, au gland honteusement trempé et gonflé, sortit même les couilles qu'elle malaxa, alors qu'elle engloutissait le vit tout entier sans attendre. Les boutons de la chemise sautèrent d'eux-mêmes. Il était mûr et vif comme un gardon. Elle dévora son cou, s'agrippa à sa nuque en le chevauchant, se laissa choir au rythme de la basse de Sting, humant les effluves poivrés de leurs sexes en émulsion. Plus il criait, plus elle y revenait avec force et violence, griffant ses pectoraux, malmenant ses tétons, mordant et suçant son cou. Plus il giflait ses fessiers en feu, plus elle le serrait fort, à l'intérieur. Jamais ils n'avaient eu une libération aussi débridée et brutale. Et elle, elle pensait à cette caméra sphérique, campée juste derrière, dans l'alignement de la plage arrière.

À chaque ruade, l'onde de choc était telle que le véhicule tanguait comme un rafiot en pleine mer. La houle était profonde, et régulièrement, le vent de leurs cris forcissait à mesure qu'ils s'approchaient inéluctablement de l'extase. Les va-et-vient furieux de la belle sur le vit de la bête étaient ponctués par les roulements des chariots qui passaient derrière le monospace, les conversations volées, les réflexions inaudibles, parfois même des rires sarcastiques. Il finit par craquer, mordant son sein à la faire rugir, inondant son vagin à le faire déborder comme une rivière en crue à l'annonce du printemps. Elle était pleine de lui, dégoulinait son foutre sur son pantalon de costume, des crampes aux cuisses. Enfin, elle avait accès à sa bête !

Cela faisait bien quinze minutes que le nouveau restait bloqué devant son écran, sur la même caméra du niveau -3, les joues rosies par son imagination. Ce monospace haut de gamme aux mouvements suspects avait attiré son attention. Il ne savait pas comment en parler à son chef. Ce dernier, bien moins surpris que lui, identifia en un clin d'œil l'acte illicite qui se perpétrait sous l'œil avisé de la caméra numéro 15. *« Regarde comme les gens accélèrent à l'approche de ce véhicule, comme les parents semblent outrés et les couples émoustillés et moqueurs. Je te le dis, il y en a qui baisent là-dedans comme des furieux. Suis-moi. On va aller voir ça de plus près ! »* avait-il ordonné au petit nouveau. Sans se presser plus que cela, ils avaient descendu les deux étages par l'escalier de service. Arrivés au niveau -3, ils ne purent que constater que le véhicule avait déserté. *« Ils sont partis en week-end »*, avait conclu le chef un peu déçu. Puis, il avait ajouté, de l'amertume dans la voix : *« Putain, ils ne pourraient pas faire ça dans un lit, comme tout le monde ? »*

Les amants audacieux

Axel Miyo

Nous étions revenus d'un agréable déjeuner depuis dix minutes. Nous avions accompagné le repas de douces coupes de champagne. La porte de son bureau était fermée à clé, mais nous pouvions très clairement entendre les voix et la présence de ses collègues. Ça avait commencé par un doux plaquage au mur, celui adjacent à la salle de réunion. Ça avait continué par ma langue s'enfouissant dans sa bouche, ma main passant sous sa jupe, mes doigts écartant sa culotte, glissant profondément dans son sexe irrigué de désir. Instinctivement, elle avait écarté les cuisses en faisant descendre son bassin pour permettre à l'index et au majeur réunis de ma main droite de s'enfoncer véritablement jusqu'au fond d'elle et de fouiller son sexe avec ardeur. Je m'étais même agenouillé pour la remplir davantage. Elle avait fini par jouir intensément de mes doigts, en posant ses mains sur ma tête et en fermant les yeux, en silence, et ne souhaitait maintenant qu'une seule chose : me rendre la pareille, avant que sa réunion de 14 heures 30 ne débute.

Elle m'avait alors installé dans son propre fauteuil. Un vrai fauteuil de directrice marketing, en cuir noir, basculant vers l'arrière, réglable en hauteur. Peut-être cet objet si fonctionnel et plutôt froid garderait-il ensuite mon parfum ou les traces de ma jouissance. Cette idée me plut.

Eva, maintenant à genoux devant moi, me suçait avec une extrême lenteur, me regardant parfois dans les yeux ; les siens brillants de plaisir, ma queue raide enfouie entre ses lèvres, en gémissant doucement. Mes reins commençaient à bouger au rythme de ses va-et-vient et sa salive coulait jusque sur mes couilles. Son assistante toqua à sa porte. Après un sursaut de surprise qui fit crisser le cuir du fauteuil, nous nous immobilisâmes. Son téléphone fixe sonna dans le vide ; une sonnerie tonitruante qui nous fit sursauter à nouveau. Eva garda pourtant ses yeux fermés et mon sexe dans sa bouche, sans même bouger sa langue, mais en me maintenant calé au fond de son siège, une main sur ma poitrine. Son téléphone portable se mit à vibrer sur la table. Je regardai la porte sans respirer. Au bout de quelques secondes, je vis l'ombre de son assistante s'éloigner.

Alors, Eva retira mon sexe de sa bouche et se mit à me branler, d'abord doucement, puis de plus en plus vite. Elle l'enfouit à nouveau dans sa bouche brûlante. J'attrapai sa nuque pour la tirer vers moi, et mon foutre inonda instantanément sa langue et sa gorge avec violence, mélangeant sa texture mielleuse au goût du champagne encore présent. Nous échangeâmes un long baiser. Il était 14 heures 25, et je sortis discrètement de l'immeuble en passant devant les standardistes affairés, pour me diriger vers mon propre bureau.

J'avais connu Eva quelques mois avant sur un site de rencontres. Une jolie femme très sensible à l'art, ainsi qu'aux bonnes et belles choses. Mais elle restait grandement mystérieuse. Ce n'était pas pour me déplaire, moi qui ne cherchais, depuis ma séparation, que des relations légères, sans engagement, mais suivies. Parfois quand même, ce mystère et l'intensité de nos échanges me faisaient peur. Je ne savais même pas où Eva habitait, car elle refusait de me le dire. Je respectai ce secret scrupuleusement, avec une pointe d'angoisse. Peut-être était-elle mariée. Sûrement elle avait d'autres amants. Jamais je n'avais passé une nuit entière à ses côtés et jamais nous n'avions fait l'amour dans un lit. Je lui en avais pourtant fait la proposition dès le premier soir. Eva m'avait affirmé en souriant que, dans son expérience, jouir dans un lit était conventionnel, que partager un lit était plus intime que de faire l'amour, et qu'elle ne dormait donc jamais le premier soir, a fortiori dans un lit. Il y eut peu d'autres occasions, le soir, en vérité.

Il y eut bien cette fois où nous fîmes l'amour dans ma voiture et où nous nous endormîmes aussitôt après, assommés par le plaisir. Eva gardait le soir et son lit pour son autre vie, et aimait donc avec moi les incartades dans la journée, entre deux réunions ou pendant l'heure du déjeuner. Au pire en début de soirée. Comme nos bureaux respectifs étaient proches, ce n'était pas si difficile à organiser. Nous avions convenu d'un respect réciproque et scrupuleux de nos emplois du temps. Nous ne nous voyions que si nous le pouvions, sans obligation, avec une véritable envie et une disponibilité presque totale, même si le temps était souvent compté. Son lieu préféré était son bureau, dans lequel, en tant que directrice, elle avait toute liberté de m'inviter en prétextant un rendez-vous professionnel. Mais nous fîmes également le tour de tous les endroits environnants et pouvant accueillir nos jeux d'amants, en essayant de repousser les limites de notre audace.

Ce déjeuner dans un immense restaurant chinois de Belleville reste dans ma mémoire. Nous avions choisi une place à l'écart et demandé à nous mettre côte à côte sur la banquette. La main d'Eva ne tarda pas à trouver le chemin du dessous de la nappe et, chaque fois que le serveur s'éloignait, elle replongeait son bras pour saisir mon sexe. J'essayais de rester naturel. Elle trouva même l'occasion de pencher sa tête pour me sucer. C'est moi qui dus la relever de force au moment où la patronne passait. Le déjeuner dura longtemps, nous attendîmes que la majorité des clients du midi soient partis, et Eva s'échina à me branler sous la table, de plus en plus vite. Je réussis à lâcher prise, chose peu aisée dans les endroits publics. Et ce qui devait arriver arriva. Le dessert chinois d'Eva lui fut servi directement sur ses doigts, qu'elle suça l'un après l'autre, discrètement, avec délectation.

Il y eut aussi cette séance de cinéma pendant laquelle, miraculeusement, nous trouvâmes une place à l'écart de la vue des quelques autres spectateurs. Une aubaine. Le film était lent et contemplatif ; presque ennuyeux, ce qui facilita les choses. C'est ma propre main, cette fois, qui trouva le chemin des seins d'Eva, que j'excitai d'abord par quelques caresses et des baisers langoureux. Ma main, toujours, qui glissa sous sa robe pour se caler solidement entre ses cuisses. Ma main, encore, qui obtint ce qu'elle désirait : faire jouir Eva dans le noir en la fouillant doucement, sans bruit, pour avoir le bonheur de sentir couler le flot tiède de son sexe palpitant.

Le point culminant de ces escapades fut atteint au sommet d'un grand magasin, dont une connaissance d'Eva nous procura une entrée secrète. C'était un samedi de juin et les Grands Boulevards s'apprêtaient à voir se déverser sur eux les milliers de personnes d'une manifestation. Nous déjeunâmes calmement dans un restaurant des environs et, après le café, Eva m'emmena admirer la vue. L'ascenseur datait du XIXe siècle. Nous arrivâmes dans un salon chic et capitonné, totalement vide, orné de tableaux. Une épaisse porte vitrée donnait sur un balcon qui dominait tous les autres immeubles à la ronde. Nous restâmes longtemps à l'intérieur, pour profiter du décor. Eva s'assit, puis m'invita à la rejoindre.

— Alors, tu aimes ?

— C'est magnifique… quel silence…

— Embrasse-moi…

J'enlaçai le corps de mon amante et nos langues se mélangèrent avec passion. Ce jour-là, Eva l'audacieuse n'avait ni soutien-gorge, ni culotte. Son corps me désirait et était disposé à recevoir mes caresses dans ce lieu unique et chargé d'histoire. Je m'agenouillai devant elle, et léchai doucement ses cuisses en remontant sa jupe. Elle s'allongea alors sur la banquette en cuir, m'offrant son entrecuisse, et m'attirant à elle en m'entourant la tête en se servant d'une de ses jambes comme d'une liane.

Je découvris son sexe nu, m'en approchai. Rien qu'en sentant mon souffle, Eva cria presque. Ma langue commença à s'insinuer lentement dans ses plis humides. D'abord, à l'orée de son vagin, puis en remontant, à petits coups secs. Son jus coula assez vite sur ma langue, prémices de sa jouissance, que je voulais retarder le plus possible. Je me reculai et admirai son sexe ouvert devant mes yeux. J'y glissai un doigt, puis deux, que je calai en elle. Les gémissements d'Eva se faisaient plus sonores. Sa jouissance montait. Elle eut un spasme quand je replongeai ma langue à nouveau sur son sexe. Ma langue, la banquette et mes doigts accueillirent son orgasme puissant et son jus divin.

— J'ai envie de ta queue… viens sur le balcon…

Celui-ci était suffisamment étroit et haut pour cacher le bas de nos corps. Et il se produisit cette scène étonnante : Eva, appuyée contre le balcon, face à la rue, regardait la manifestation, tout Paris et ses toits, pendant que moi, derrière elle, tout contre ses fesses, je saisissais ses reins, pénétrais son sexe de plus en plus vite. Elle ferma les yeux lorsque, après qu'elle eut joui, j'inondai son sexe, mon foutre débordant coulant lentement le long de ses cuisses.

Au bout de six mois, le sujet du lit devint davantage préoccupant pour moi. Je ne voyais Eva que quelques jours par mois, uniquement dans des endroits éphémères ou publics, pendant une heure ou deux. Même pas d'hôtel. La qualité de nos rapports pouvait quand même laisser imaginer que nous pouvions un jour partager le confort d'une chambre et de draps.

Je décidai de ne pas m'impatienter, mais de lui envoyer de gentils messages, subliminaux ou plus directs : je l'emmenai un jour chez Ikea sous un prétexte fallacieux, en m'asseyant sur tous les lits en démonstration. Cela la fit rire. Je lui offris un livre intitulé *La Femme qui décida de passer une année au lit*, et plusieurs autres livres dont le titre contenait le mot « lit ».

Eva rit encore, mais ne céda pas. Un soir enfin, une amie à elle l'avait invitée au vernissage d'une exposition d'art moderne dans une salle culturelle de banlieue. Bien que pas spécialement chaud à l'idée de rencontrer une de ses amies (après tout, nous n'étions qu'amants et rien de plus), j'en avais finalement accepté le principe. Je reçus son message de confirmation le jour même. « *Retrouve-moi là-bas vers 21 h, pas avant. Baisers d'avance…* »

Lorsque j'arrivai, quelques personnes discutaient encore devant le centre culturel, un verre à la main. À l'intérieur, il n'y avait qu'Eva et son amie, qu'elle me présenta rapidement. Le gros des invités étaient déjà partis, les lumières étaient tamisées, et Eva prit mon bras en me proposant une visite guidée.

Nous descendîmes un grand escalier pour nous retrouver dans une salle d'exposition au sous-sol. Là, plus aucune lumière, si ce n'est celle des issues de secours. Nous parcourûmes les œuvres en chuchotant. Nous abandonnâmes nos verres par terre. La bouche d'Eva se posa dans mon cou.

— Tu sens bon, me dit-elle.

La sensation de ses lèvres sur ma peau me fit durcir. Sa main effleura mon pantalon. Elle aima sentir cette excitation et se mit à me caresser doucement.

— Ici ? lui demandai-je, très excité. Et si quelqu'un descend ?

— J'ai très envie de toi. Normalement, on ne sera pas dérangés.

Je devinai qu'elle avait très certainement donné des consignes à son hôte. Elle m'attira dans un coin de la pièce, très exactement entre un tableau figuratif, qui semblait représenter une pièce avec des meubles, et une immense sculpture verticale en fer forgé, qui touchait presque le plafond. Je sentis ma fermeture Éclair descendre magiquement, puis ma ceinture se détacher dans un bruit métallique et sourd. Eva fit coulisser celle-ci pour la retirer complètement et la laisser tomber sur le sol. Sa main s'empara de mon sexe, elle resta face à moi. Elle me branlait à l'envers, mais très doucement. Je me plaquai au mur, fermai les yeux et me laissai aller. N'y tenant plus, elle s'agenouilla quelques secondes, le temps de lécher ma queue raide et de l'enduire de sa salive. Elle se releva aussitôt en m'embrassant. Je sentis alors le goût enivrant de mon propre sexe dans sa bouche. L'immense pièce qui nous abritait, vide et sombre, résonnait de nos gémissements et de nos souffles. J'attirai Eva à même le sol sans jamais quitter sa bouche.

Une fois que nous fûmes allongés, je dégageai ses seins majestueux pour en sucer et mordiller les pointes l'une après l'autre, avec application, en veillant à laisser sur mon passage le plus de salive possible. Cela lui tira des gémissements sonores. On entendait là-haut, sans s'inquiéter, les bruits du rangement de la soirée. Nous étions ailleurs, dans une bulle de plaisir, inconscients. Je plaquai ma main entre ses cuisses, qu'elle écarta aussitôt. Je pus ainsi atteindre son pubis et sentir le degré de son excitation à l'humidité de son sexe, déjà trempé. Je regardai mes doigts humides, les léchai avec délice, puis les lui donnai à lécher à son tour. Elle les prit dans sa bouche en gémissant et en fermant les yeux, comme une petite chatte tétant sa mère, comme si c'était ma queue. Eva rouvrit les yeux et me regarda.

— Relève-moi et prends-moi, s'il te plaît.

Une fois debout, elle s'appuya des deux mains, dos à moi, tendue et cambrée à fond. Ses seins nus s'écrasaient contre le mur blanc et froid. Je soulevai sa jupe, descendis sa culotte en dentelle, saisis ses reins, relevai son bassin encore davantage et passai une main sur son cul et sa fente. Quand je pénétrai en elle, un flot tiède gicla sur mon sexe et coula sur ses cuisses puis jusque sur ses escarpins. Je me collai alors à ses fesses pour rentrer plus avant. Eva gicla à nouveau. Elle en fut même étonnée. Ma queue disparut littéralement en elle, mon pubis touchant le bord de sa vulve. Le bruit des gouttes se fit entendre sur le sol. Elle poussa en arrière sa croupe pour me faire rentrer au maximum. Je touchais le fond et je maintins quelques instants ma queue immobile en elle pour déguster cette sensation. À cet instant, avec son sexe dilaté et parfaitement rempli du mien, Eva ne put retenir ce flot qui devenait presque régulier. Il déborda de son sexe, et je dus me retirer d'elle pour que nous constations ensemble les dégâts. Elle s'écroula par terre dans une flaque en jouissant à nouveau, haletante, et nous abandonnâmes rapidement les lieux, laissant la salle d'exposition dans un état pitoyable.

Quand nous fûmes réfugiés dans un bureau proche, elle se rhabilla comme elle put, puis se mit à genoux devant moi.

— Viens jouir sur ma langue, m'ordonna-t-elle.

Elle était si belle ainsi, avec son décolleté plongeant, ses yeux cernés de noir, me regardant d'en bas, me branlant juste devant sa bouche ouverte. Je ne mis pas longtemps à gicler à mon tour, en tenant sa tête… mon sperme coula sur ses lèvres, sur sa langue sortie, puis dégoulina entre les seins.

— Tu imagines si on avait fait ça dans un lit ? lui dis-je par provocation.

— Nous n'aurions pas joui comme ça dans un lit, me répondit-elle, malicieuse, tout en ramassant du bout de ses doigts mon miel, dont elle se régala jusqu'à la dernière goutte.

En quittant le centre culturel, l'amie d'Eva nous donna un catalogue dans lequel je crus reconnaître le tableau figuratif de la salle du sous-sol. Il s'agissait d'une œuvre intitulée *Couple au lit.* Je montrai l'image à Eva, qui me la rendit sans dire un mot, en souriant.

Le lendemain matin, seul dans mon lit, je fus réveillé par un message sur mon téléphone :

« Jouir de toi au milieu de ces œuvres et devant ce tableau, ce fut merveilleux. Je crois qu'il est temps que je m'offre à toi entre des draps. »

ÉTUDES TRÈS SUPÉRIEURES

Noann Lyne

« *Je voudrais jouir au travail, entre mes torchons* », proclamait-elle.

Mais commençons par le début, il y a trente ans. À l'époque, je sortais de douze ans de réclusion dans un collège jésuite. J'apprécie les Jésuites, cela dit, mais leur enseignement a laissé en moi des lacunes… affectives et surtout sensuelles ! En ces temps-là, pas un jupon ne franchissait les portes de leurs collèges. On n'imagine pas à quel point ça peut bousiller un homme. Encore aujourd'hui, j'en souffre. Je suis un homme déglingué qui ne s'épanouit que dans le libertinage et l'érotisme. Tout le contraire de ce qu'enseignent les Jésuites. Je me souviens d'un cours de biologie au chapitre « Reproduction » particulièrement sommaire… Pas question d'évoquer de près ou de loin la fameuse « pénétration » ! J'en avais retenu que les spermatozoïdes déambulent tout seuls dans les draps, et qu'ils trouvent leur chemin au hasard des plis.

Le collège m'avait rendu trop introverti, et je le savais, aussi ai-je décidé de changer de bord pour la suite de mes études. Me voici à 17 ans, élève d'une grande école polytechnique de l'État, dans un bâtiment qui me semblait énorme et austère, avec ses murs bleu terne et gris. Plutôt sinistre… Par contre, il y avait une grande nouveauté : des étudiantes, de toutes tailles, couleurs et formes. Un véritable paradis sensuel ! Je découvrais avec étonnement que des couples se formaient. Dans les cafés alentour, il y avait foule, ça sentait une fumée plus âcre que la nicotine. On s'amusait, on plaisantait.

Sur un mur était peinte une citation de Saint-Ex : *« Faites que le rêve dévore votre vie, afin que la vie ne dévore pas votre rêve. »* Moi, mon rêve c'était de séduire une belle brunette, ce qui semble facile a priori, mais… Ma classe ne comptait pas la moindre fille ! Voilà ce qui arrive quand on choisit une filière technique. L'environnement était tout de même moins sexiste que chez les curés… Des filles, il y en avait aux alentours, dans les bistrots, les prés, partout, sauf dans ma classe. Et aussi parmi le personnel ! Pour l'entretien et le nettoyage, elles ont toujours la primeur.

J'aimais les gens simples, les cheveux foncés, les yeux bruns, les peaux hâlées. J'étais attiré par une belle femme d'ouvrage basanée aux longs cheveux de jais, les traits métissés. Je la croisais souvent dans les couloirs, où elle passait et repassait inlassablement son torchon. Je lui disais un petit bonjour et ça n'allait pas plus loin. Elle faisait partie du personnel, et dans mon optique, ça la rendait intouchable.

Mais, le hasard fait bien les choses… C'est ainsi qu'un jour à la pause de dix heures, je fus pris d'un grand besoin naturel urgent. Une grande bouteille de cola bue trop vite… Tout à coup, la vessie pleine à craquer. Vite, les toilettes, au fond du couloir. Je cours, je cours… Prêt à tout lâcher… J'enfonce la porte… Braguette ouverte. La main dessus… Le sexe prêt à bondir… Et pur hasard, la belle était là ! Nettoyage quotidien des chiottes. La gêne…! Pas le temps de trouver un autre endroit. Urgence totale ! Plus que quelques secondes… Course vers un W.-C… Me soulage… Vessie vidée à grands glouglous. Ouf ! Moins une. Le calme revient. La bandaison aussi. À cette époque, j'étais si chaud que mon sexe restait dur toute la journée. Ou presque. Uriner était un problème. Il fallait prendre le membre et le pousser vers le bas, en essayant de penser à Lulu pour bander un peu moins. Aussitôt le besoin accompli, la bandaison revenait de plus belle.

Depuis quelques semaines, je pensais souvent à cette jeune métisse. J'en rêvais parfois. Je me demandais comment était son corps, si ses seins étaient fermes, son sexe étroit, si elle avalait. Son image hantait mon esprit. Et tout à coup, la voilà à deux pas de moi. Et moi, j'ai ce membre entre les jambes, qui en un instant devient dur comme du chêne. J'avais envie de lui sauter dessus. Je devais me retenir de faire les deux pas et de me jeter sur elle. Deux forces s'opposaient : un ange qui me conseillait la sagesse, et un diablotin qui m'ordonnait d'agir. Cruel dilemme !

Mais tout n'est pas toujours blanc ou noir. Il existe des nuances intermédiaires. Aussi ai-je opté, sans trop réfléchir, pour une solution pas trop risquée et quand même un peu grivoise. Et c'était tout simple :

Faire sans trop réfléchir un quart de tour vers la tendre métisse, le sexe bien en évidence. Puis tousser légèrement.

Je ne sais pas trop à quoi je m'attendais, des ah ou des oh ! Un geste en retour ? Mais le résultat fut décevant. La métisse s'est retournée et a paru étonnée, sinon effrayée. Tout à coup, en voyant sa mine, j'ai réalisé que j'étais en train de faire une grosse bêtise. C'était quand même une sorte d'agression sexuelle. Si elle déposait plainte, c'est tout mon avenir qui était foutu. Comment expliquer que mon sexe était si tendu que je ne pouvais rien faire d'autre que m'en servir, fût-ce en l'exhibant ?

J'ai refait un quart de tour inverse en bredouillant des excuses. La fille a pris son matériel et s'est dépêchée de quitter la pièce, sans ajouter un mot.

Pendant une semaine, je ne l'ai plus revue. On aurait dit qu'elle avait déserté l'étage. Le papier manquait dans les toilettes, les poubelles débordaient. Moi, je priais pour qu'elle se taise, et que cette vilaine histoire se perde dans les méandres de l'oubli.

Puis un soir, alors que je me dirigeais vers l'arrêt de bus, j'ai entendu une voix morose derrière moi.

— C'est pas bien ce que vous avez fait.

Je ne l'avais pas reconnue. Un superbe ensemble fleuri avait remplacé la tunique bleue de travail, et un air maussade avait assombri son visage.

— Non mais, dit-elle, vous vous rendez compte ?

— … ?

— Vous ne réalisez pas les conséquences de votre acte.

— Excusez-moi.

— Des excuses maintenant, trop facile. J'ai été choquée. Imaginez, j'étais en train de travailler, tout absorbée, et tout à coup, je vois ça !

— Je ne le ferai plus, je le jure…

— Mais le mal est fait. Je n'en ai pas dormi de la nuit… Les nuits suivantes, pareil. Insomnie. D'un autre côté, je ne suis pas une innocente, voyez-vous… Avec le temps, l'image a commencé à me travailler. J'ai repensé à cette… vision. Et en plus, vous êtes bien foutu. Maintenant que je vous vois de face, comment dire… Vous me donnez des idées.

Un temps s'écoule sans un mot. Les regards s'enlacent. Une sorte de magie opère, lentement.

— Je m'appelle Abida. Et vous ?

— Christian.

— Écoutez, ose-t-elle, j'aimerais vous parler de mon rêve : voilà, je voudrais… jouir… au travail, entre mes torchons. Mon boulot me pèse. J'ai besoin d'un… dérivatif…

— Quoi ? Mais on serait mieux dans ma chambre, mon lit est petit mais douillet…

— Ah non, pas question ! Je viens de larguer un type qui ne voulait faire ça que le samedi matin dans le lit, les tentures bien fermées. C'était d'un ennui ! J'ai besoin de nouveauté, de fun ! Plus jamais de sexe au lit pendant dix ans !

— Et si on nous surprend ?

— Eh eh ! Pas de problème. Vous oubliez que j'ai les clés !

— Bon, dans ce cas !

Le plan fut mis à exécution. Mais ce ne n'était pas simple. Rien n'est jamais simple en amour. Abida refusait de planifier les détails à l'avance. Elle voulait que tout se passe de façon naturelle, comme par surprise, pour retrouver l'ambiance de la première fois et poursuivre son fantasme, l'air de rien. Elle s'arrangeait cependant pour nettoyer les toilettes un peu plus souvent. Moi, je buvais des bouteilles entières de limonade au goulot. De sorte que le grand jour est vite arrivé.

Je suis entré dans les toilettes, réellement dans le besoin. Abida était en train de nettoyer, comme la première fois. J'ai purgé ma vessie, puis je me suis caressé, comme les hommes font souvent dans ce genre de lieu. Je pensais profondément à elle, aux délicieux moments qui allaient venir. En quelques instants, je suis arrivé au bord de la jouissance. À bout de souffle, je me suis enfin décidé à faire les trois pas qui nous séparaient, et je lui ai collé mon sexe contre le sien. Abida a eu d'abord le réflexe de me repousser, mais je tenais bon. Alors, elle s'est retournée, m'a fait face, et m'a envoyé une bonne gifle en pleine figure. J'avais presque mal.

— Imbécile ! Deux fois la même erreur ! On ne se jette pas sur une femme comme ça.

— Pardon ! Alors, commençons par un doux baiser.

— C'est mieux !

Après un instant d'hésitation, je lui ai passé mon bras autour du cou et l'ai embrassée. Et ce fut inoubliable. Parce que ce baiser était un brillant prélude. Je sentais à quel point la belle était chaude, je devinais à chaque tour de langue l'action qu'aurait cette bouche pulpeuse sur mon gland. Abida se détendait et gémissait. Nous sommes entrés dans un compartiment de W.-C. La pièce en comptait cinq, séparés par des cloisons. J'ai fermé le portillon à l'aide du verrou. Mais nous avons oublié de verrouiller la porte d'entrée du local !

Je risque une petite caresse sous le corsage. Aucune gifle... Je suis sur le bon chemin. Abida passe une main sur mon pantalon. Elle pousse un petit « oh » en tâtant mon sexe qui se cabrait et durcissait encore. Elle se met à le malaxer par-dessus le jean, d'une poigne douce mais ferme. Je suis quasiment sur le point de jouir, mais je me retiens.

Abida s'assied sur le W.-C., elle sort mon sexe en refaisant « oooh ! », et sans tarder, me prodigue une de ces fellations dont on se souvient même trois vies après. Son baiser était prémonitoire. Je m'en doutais, c'est une experte dans les jeux de langue. Elle la passe en tournant, tout en pinçant des lèvres, avec juste la pression qu'il faut. Et de temps en temps, elle s'aide de sa main droite. En moins d'une minute, elle m'emporte. Je dois lui demander d'arrêter. Je voulais la prendre, je le lui avais promis. Alors,

Abida me tourne le dos, elle prend appui contre le mur, pour une levrette. Je peux alors mieux soupeser sa poitrine. Elle me semblait lourde. Je manquais d'expérience, et c'était l'époque présiliconique.

Fortement excité, je la bascule en avant, la saisis par la taille des deux mains et tente de venir en elle. Abida pousse un petit cri vif de surprise. Elle avait un sexe comme je n'en ai plus jamais connu. Une fente si étroite que je me demandais si je pourrais l'enfiler. Je dois pousser fortement pour m'imposer. Elle dégouline pourtant. Tout d'un coup, ma queue entière s'enfonce. Abida pousse un grognement. Je sens mon gland dans ses entrailles, il bute quelque part, mais ce n'est pas le fond. Encore maintenant je me demande ce que c'était. Je crois que la belle savait contrôler ses muscles, elle avait la capacité rare de se contracter pour resserrer son vagin. C'était magique parce que son sexe était serré et bien lubrifié à la fois, et moi, j'adorais. Dès les premiers coups de boutoir, je la sens bien. Je suis à chaque coup sur le point de jouir mais je garde le dessus. Je ressens comme un mini-orgasme à chaque mouvement. Je suis constamment au bord de la jouissance… Abida s'offre entièrement. Elle se cabre, et ma queue peut entrer plus loin, je sens que je titille la face avant de son nid, je crois que je touche l'endroit sensible. À chaque coup de reins, elle grogne, et entre deux, elle gueule et me prie d'aller plus fort, plus vite.

Quand enfin, elle sent que je suis à point, Abida se retourne et engloutit dans sa bouche mon sexe au bord de l'explosion. Son tour de langue magistral m'emporte en un instant. Des jets puissants viennent inonder son visage, et ça dégouline sur son menton. Une partie ruisselle sur ses seins bruns. Je masse les mamelles onctueuses, alors qu'Abida récolte avec sa langue la moindre goutte sur ses lèvres et ses doigts. Elle se délecte, lèche avidement, en gémissant.

— Dis donc, tu m'en as mis un paquet !

— Dépêche-toi, on pourrait nous surprendre…

La raison reprend le dessus. Une fois l'orgasme atteint, je suis redescendu subitement sur terre, un peu assommé… Beaucoup plus soucieux tout d'un coup. Le diablotin en moi s'est enfui avec la jouissance. Il reste l'ange gardien, qui me regarde en soupirant et m'ordonne de déguerpir au plus vite.

À peine rhabillé, j'ai poussé le portillon, alors qu'Abida tardait à reprendre ses esprits. C'est alors que je tombe nez à nez avec mon prof de maths, qui entrait innocemment dans le local. Moi, j'étais plus ou moins présentable, tandis qu'Abida était encore sur un petit nuage. Sa blouse de travail entrouverte, son soutien-gorge suspendu à la crémone. Des taches de sperme partout. Une odeur âcre. Et puis son allure qui montrait bien d'où elle revenait.

— Abida ! Mais qu'est-ce que vous faites dans cette tenue ?

Abida ne disait rien. Sa blouse largement ouverte. Ses seins magnifiques. Le prof et elle sont restés un instant bouche bée, à se regarder. Puis le prof s'est mis à l'insulter. J'ai su après qu'il l'avait draguée et qu'elle s'était refusée.

Je passe sur les mots pas sympas du prof à l'endroit de mon amie. Il la menaçait de la virer sur-le-champ et de déposer plainte à la police pour je ne sais plus quelle raison, outrage aux mœurs, je pense. Abida est restée d'abord muette, puis son caractère a repris le dessus.

— Écoutez, monsieur, c'est un malentendu, on va s'arranger…

— Non ce n'est pas un malentendu, c'est une agression visuelle !

Le type ne se calmait pas. C'est alors qu'Abida a fait une chose insensée. Elle a enlevé sa blouse et l'a jetée par terre. Elle n'avait plus un seul vêtement. Son corps était libre et fier, provocant. Le matheux est resté sans voix. Ses yeux sont tombés sur la somptueuse poitrine et ils n'arrivaient plus à bouger. Il faut dire que c'était un modèle de féminité fraîche et bien assumée, aux courbes élégantes. Et cette couleur nacrée et uniforme, ce brun naturellement foncé. Le prof et moi ne parvenions plus à ouvrir la bouche. Abida avait repris le dessus. À présent, elle le provoquait à haute voix.

— T'en as envie, hein, mon beau salaud. Eh bien, tu vas avoir ce que tu veux. Viens. Viens, je te dis. Je sais que tu en rêves…

Abida déboutonne le pantalon du prof et le baisse d'un coup. Un slip jauni tombe avec. Apparaît alors le pire désastre de l'humanité. Le bas-ventre du prof était tristounet, glabre, couvert d'une toison bouclée. Au milieu, la quéquette avait pâle figure ; minuscule, perdue dans les poils, rabougrie et sans vigueur. Abida la prend entre deux doigts et fait mine de la masser légèrement. Je devinais son dégoût, elle grimaçait. Je voyais la différence spectaculaire, par rapport à sa béatitude une minute plus tôt à peine. C'est ici qu'elle a fait preuve de génie. Par des mots, elle est parvenue à ce que le prof fasse tout lui-même, tandis qu'elle jouait de ses charmes pour l'exciter. Elle savait trouver les bons gestes et les paroles justes. Elle prenait des positions, simulait l'acte, à genoux, en levrette, faisait des mouvements lascifs. On voyait des gouttes de mon sperme sur ses seins. Le matheux devenait fou.

Elle l'amenait à un point d'excitation, tout en prenant ses distances. Elle se redressait, on sentait qu'elle avait le dessus et n'hésitait pas à en jouer. Je l'admirais, la trouvais forte, magnifique… À présent, le type se caressait tout seul, il essayait de donner un semblant de vigueur à son sexe.

Assez vite, on a vu que le matheux allait jouir. Abida avait un plan. Elle tire un mouchoir de sa poche et le met devant la quéquette à moitié érigée. Le type se branle avec désespoir. Abida, elle se masse la poitrine d'une main et tient le mouchoir de l'autre, en ajoutant :

— Mais oui, c'est ça, c'est bien, vas-y, donne-moi tout, arrose-moi !

Au bout d'un court instant, la quéquette du matheux délivre quelques pauvres gouttes d'une semence transparente, qu'Abida récolte soigneusement dans son mouchoir. Sans perdre un instant, elle met le mouchoir souillé au fond de sa poche.

Puis revêt sa blouse et l'ajuste. Pour terminer, elle se poste les deux jambes écartées devant le prof hagard.

— Maintenant, écoute-moi bien, branleur de merde. Si tu t'avises de nous ennuyer une seule fois, je dépose plainte pour viol, et ça te coûtera des années de ta vie. T'as compris ?

Le type s'est reboutonné et est parti en titubant, sans ajouter un mot... Quant à nous, nous n'avions qu'une idée : foutre le camp au plus vite. Le temps de la récré était fini. Nous nous sommes rhabillés et avons quitté les lieux, avec juste un petit bisou en guise d'au revoir...

Je n'ai plus guère revu Abida par la suite. Avait-elle un mari, un ami ? Je ne l'ai jamais su. Les examens sont arrivés, puis les vacances. L'année suivante, elle a disparu. J'ai eu beau arpenter les couloirs à sa recherche, je ne l'ai plus jamais revue. J'espère qu'elle n'a pas eu trop d'ennuis. Je préfère croire qu'elle a changé de boulot volontairement. Je pense encore à elle tous les jours, avec le regret de ne pas avoir gardé le contact. Il faut toujours s'assurer un moyen de se revoir, c'est une règle élémentaire. J'avais tout à apprendre... Par contre, mes notes en maths ont été prodigieuses.

Abida, où que tu sois, je te remercie pour ces moments de délice... Et pour m'avoir permis d'accomplir de brillantes études !

D'OÙ TU VOUDRAS

Marie Minelli

Sébastien et moi étions ensemble depuis quelques mois à peine. Nous adorions explorer des endroits improbables pour faire l'amour. Son bureau ? Fait ! Ma cage d'escalier ? Fait ! La cage d'escalier d'un inconnu ? Fait aussi ! Nous avions aussi fait l'amour au cinéma, à la plage, dans le maquis, dans la cuisine, dans le train, et bien sûr, chez ses parents.

Que nous restait-il alors ? C'était justement la question que nous nous posions, ce soir-là, en rentrant d'un apéritif chez notre amie commune Cynthia. Enfin quand je dis amie commune, comprenez fournisseuse d'alcool. Cynthia, notre collègue, organisait en moyenne trois fêtes par mois, l'alcool y coulait à flot et la musique y était assez forte pour que nous appelions les policiers du commissariat voisin par leurs prénoms, tant les voisins leur téléphonaient souvent.

Bref, rien. Il ne nous restait rien. Nous étions ensemble depuis tout juste quatre mois, quatre mois déjà, et nous avions déjà fait l'amour dans toutes les positions que nous connaissions – et même quelques autres – et dans tous les lieux que nous pouvions imaginer.

Nous avions fait l'amour saouls, sous coke, avec son copain Bertrand, par-devant, par-derrière, par ma bouche, par la bouche d'un trav rencontré en club, dans les toilettes de ce club. Alors, ce serait ça, notre vie sexuelle ? Plus rien à découvrir ? Quel ennui !

Je me lamentais à voix haute auprès de Sébastien, qui ne semblait pas partager mes inquiétudes. Légèrement ivre, il me plaqua contre un mur :

— On s'aime, non ? Peu importe où on fait l'amour. Sous la couette, sous les étoiles… tant que c'est avec toi, c'est ça qui compte. Tu es la femme de ma vie.

Sébastien était romantique. Pas moi. À l'instant précis, j'avais juste envie que sa grosse queue me défonce le minou, mais je sentais que lui déclarer ça de but en blanc risquerait de le freiner dans ses élans passionnés.

Il m'embrassa, et je sentis ses larges épaules penchées sur moi, et ses pectoraux écraser mes seins. Quand il m'enlaça, je pus nettement sentir à la grosseur dans son pantalon qu'il avait envie de moi. J'enfonçai ma langue plus profondément dans sa bouche, et le retournai brusquement contre le mur à son tour.

Nous étions dans une petite rue, à quelques pas de la rue de Rennes. Il devait être trois heures du matin, trop tard pour les rateurs de dernier métro en recherche de taxi, et trop tôt pour les travailleurs de la France matinale. De temps à autre, une voiture passait à toute allure, trop vite pour que nous sachions quelle tête avait le conducteur, ou même quel était le modèle de la voiture.

Sébastien était le plus bel homme que j'eusse jamais vu de ma vie. Il avait un grand front, des yeux vert foncé surplombés par une cicatrice au sourcil droit, un nez parfait, des mâchoires carrées, une bouche charnue et gourmande dévoilant des dents du bonheur. Sa barbe d'une semaine, ses épaules carrées et ses fesses musclées complétaient le spectacle. Il faut dire que je n'étais pas mal non plus, mon corps était aussi mince que ferme, mes abdos se dessinaient nettement, je portais les seins haut et je me vantais de pouvoir faire comprendre à un homme que je voulais le sucer en un regard.

D'ailleurs, c'est le regard que je décidais de lancer à Sébastien. Il comprit immédiatement, puisqu'il fit « *Ahah... nan, nan, nan...* » et porta sa main à sa ceinture, comme pour se protéger. Je fis « *Si, si, si...* » et me mis à genoux devant lui pour mordre ses mains. Comme prévu, il les dégagea et me laissa le champ libre. J'entrouvris son pantalon, passai ma main par-dessus son caleçon et saisis sa superbe bite. J'ouvris la bouche, approchai le menton et me mis à sucer doucement son gland, comme une petite sangsue impossible à décoller. Sébastien fit semblant de m'écarter de la main, tandis que son sexe grossissait dans ma bouche, de telle façon qu'il la remplissait franchement, maintenant. « *Hmm… On est… hmm… dans la rue quand même…* » fit-il.

Sans l'écouter, je me relevai, mis une jambe autour de sa taille et tentai de faire entrer sa bite en moi. J'étais trop petite par rapport à lui, il aurait fallu qu'il se baisse, mais il était en train de relever son pantalon.

« *Attends, t'abuses, Sébastien. Tu es d'accord pour te faire sucer, mais tu n'es pas d'accord pour me faire l'amour ?* » Je savais que ça marcherait. Le petit ton offusqué, les termes « *faire l'amour* » et le tout faisant passer le gentleman pour un porc, ça ne pouvait que fonctionner, sur mon Roméo 3.0. Je croisai les bras et fis mine de lui tourner le dos. Je l'entendis rattacher sa ceinture et implorer : « *Mais non, mais non… Mais, on est dans la rue là ma belle.* »

J'avançai un peu plus, Sébastien me suivait et nous finîmes par arriver rue de Rennes. Les lumières des néons et celles des vitrines nous éclairaient franchement. Je m'adossai à un réverbère et lui lançai un regard de défi. Sébastien s'approcha de moi et me prit dans ses bras. Il déposa un baiser sur mes lèvres et me dit : « *Allez, viens !* » Je le suivis, déçue. Faire l'amour dans la rue, ce n'était pas possible pour lui ? C'était pourtant le B.A–BA, nous l'avions déjà fait dix fois auparavant.

— Tu te souviens quand je t'ai sucé dans le square en bas de chez ta mère ?

— Chut !!

— Et tu te souviens quand tu m'as enculée dans les toilettes de l'avion au retour de Budapest, que l'hôtesse est venue frapper à la porte, et qu'on a prétendu que j'étais malade et que tu me tenais les cheveux ? C'était bien, hein ? Je revois sa tête quand elle a nettoyé le sperme par terre, tu lui disais : « *Elle a été malade, c'est un renvoi…* » Qu'est-ce qu'on a pu rigoler ce jour-là ! Tu crois qu'elle nous a crus ?

— Chut !!! Tais-toi enfin, on est dans la rue, là. Si tu te tais, je t'emmène quelque part…

Trop curieuse pour parler, je me tus donc et me laissai guider par la main. Arrivée devant la gare Montparnasse, je fis :

— Super. Dans une gare ? C'est pas un peu glauque ? Franchement, je préférais la rue.

— Tais-toi et attends-moi là.

Surprise, j'attendis trois minutes avant que Sébastien ne revienne. « *Voilà. Viens.* »

Il me reprit par la main et me conduisit jusqu'à l'entrée de la tour Montparnasse. Il montra une carte au pompier à l'entrée, avança vers les ascenseurs, passa le badge et appuya sur le bouton du 23e étage.

Excitée et énervée, je fis courir mes mains sur son torse. Je sentis nettement des démangeaisons entre mes cuisses, et je ne pus retenir un peu de liquide. Les étages défilaient, parallèlement à mon envie de lui. 12e, 17e, 21e… Au 23e étage, Sébastien me tendit la main avec galanterie. Il jeta un œil à droite, un à gauche, et glissa une clé dans une serrure.

Nous entrâmes dans une pièce de 250 mètres carrés, avec une vue panoramique imprenable sur Paris. La tour Eiffel clignotait, le Sacré-Cœur était tellement blanc qu'il brillait, les toits endormis semblaient avoir été posés là pour nous, et le ciel trop étoilé pour Paris scintillait comme dans un film de Woody Allen. Sébastien se tourna vers moi : *« Alors ? En voilà un lieu nouveau, non ? »*

Touchée par son attention, je le pris dans mes bras et l'attirai contre moi. Il glissa ses mains sous ma jupe et saisit mes fesses tandis que je lui retirai son pantalon. Je l'allongeai par terre et posai ma main aplatie sur sa bite, en la frôlant, puis la remontai le long de son torse, pour finir dans sa bouche. Il suça mes doigts un à un tandis que je faisais glisser son pantalon sur ses chevilles.

Sébastien retira mon string et s'assit. Face à face, les jambes entremêlées au corps de l'autre, nous cherchâmes directement à ne faire plus qu'un.

Nous retenions chacun le dos de l'autre pour maintenir nos positions et bougions simultanément pour sentir nos sexes. Nous prenions garde de ne pas trop nous serrer pour pouvoir admirer l'action, voir la base de son sexe entrer et sortir en moi, voir le mien ouvert, tous poils en bataille, accueillir mon amoureux. J'avais l'impression de faire l'amour avec Paris, d'être pénétrée par la ville en même temps que par mon amoureux, et quand je sentis son majeur monter au fond de mes fesses pendant que ses couilles rebondissaient sur le sol, je tordis le bassin et contractai à mort pour lui offrir autant de plaisir qu'il m'en offrait.

Nous avons joui ensemble, tous les deux en même temps, le front en sueur, comme en transe, en nous disant *« je t'aime »* et en nous regardant dans les yeux.

Les trente années qui suivirent, nous n'avons presque plus fait l'amour ailleurs que dans un lit, comme si cette fois-ci nous avait comblés pour toutes les prochaines. Mais assurément, dès que je veux exciter Sébastien, je lui reparle de cette fois où lui et moi avons fait l'amour avec Paris à nos pieds… c'est imparable pour durcir sa belle bite.

Pygmalion et Galatée

Axelle F.

Il y avait au 40 bis de la rue X, un peintre de talent du nom de James, qui aimait beaucoup les femmes. Il adorait les beautés dont la nature les avait comblées, en particulier leurs fleurs intimes. Aussi avait-il décidé de ne jamais se marier afin de pouvoir peindre encore et encore l'objet de ses passions. Mais ce que James, le peintre érotomane, aimait par-dessus tout, c'était quand certaines d'entre elles s'abandonnaient complètement. Les comédiennes, danseuses, chanteuses et autres étudiantes cherchant de quoi arrondir facilement leurs fins de mois difficiles connaissaient bien le lit de James, sur lequel il ne se lassait pas de les faire poser. Et si certaines voulaient garder le plan rien que pour elles, d'autres plus solidaires étaient heureuses de refiler l'adresse à leurs meilleures copines. Connaissant bien le goût immodéré de son amie Rose pour les expériences érotiques particulières, surtout quand elles la menaient partout sauf dans le lit qu'elle jugeait trop ennuyeux, Clara, modèle professionnel, avait tout naturellement rencardé Rose, rock star en devenir, sur le plan James.

— C'est un amant incroyable, lui avait-elle dit. Et en plus, il paye super bien ! Tu te rends compte, cinquante euros les deux heures. Crois-moi, c'est bien au-dessus des tarifs pratiqués, sans compter les nombreux suppléments offerts. Amuse–toi bien !

Clara glissait la carte de visite du spécimen interlope sur la table de nuit de son amie.

Pour rencontrer James, il suffisait de déposer un message via son site internet pour qu'il vous donne rapidement rendez-vous un soir dans son charmant atelier confidentiel dissimulé au fond d'une cour verdoyante. La perspective de devenir la nouvelle Dora Maar excitait beaucoup Rose. Poser nue devait être bouleversant de sensualité. Elle puiserait sûrement dans cette expérience toute l'inspiration nécessaire qui donnerait à ses textes le vécu torride qui ferait d'elle la nouvelle Juliette Lewis. Elle envoya définitivement un message à l'artiste lorsqu'elle vit que, parmi ses influences, Pasolini et Dostoïevski se disputaient la vedette.

Un jour enfin, James donna rendez-vous à Rose dans son atelier du 40 bis de la rue X. Là où elle imaginait plutôt une sorte de François Berléand dans le film *Romance* de Catherine Breillat, soit un type suffisamment vicieux pour lui permettre d'explorer la frontière ténue entre l'art et le sexe, elle trouva un homme blond délicat, plutôt beau garçon et plutôt introverti, qui travaillait le jour comme directeur marketing dans l'une des sociétés les plus prestigieuses du monde du luxe, et qui le soir, se consacrait entièrement à ses principales passions : la peinture et les femmes. Déjà, sur son site internet, elle avait tout de suite flairé le spécimen et s'était méfiée : une tête de gendre idéal, une peinture outrancière à la Francis Bacon, des toiles qui exposaient de manière frontale le culte qu'il vouait à la vulve… En somme, l'artiste intello branché par excellence, qui devait avoir l'art de vous mettre en confiance, de vous épater avec sa culture pour mieux pouvoir vous baiser ensuite. Si les femmes tombaient toutes nues, toutes crues dans son lit, Rose, elle, avait pris le parti de lui résister, d'éduquer James afin de le soumettre à ses lois. Bien plus amusant !

Au début, James ne proposa pas tout de suite à Rose de poser sur le lit car elle semblait vouloir respecter un rituel calibré au millimètre. À chaque nouvelle séance, elle passait la porte, le saluait brièvement sans presque le regarder ni s'encombrer d'une discussion de courtoisie ennuyeuse et inutile, et disparaissait derrière le rideau afin qu'il ne l'observe pas en train de se déshabiller. Autant il pouvait la mater comme bon lui semblait une fois le travail artistique lancé, autant elle lui refusait le privilège de la voir retirer ses vêtements afin qu'il ne puisse se faire aucune idée du type de femme qu'elle était. Ayant vite pigé l'accord tacite, James, désormais, montait à la mezzanine sans trop insister et allait enfiler son jean raidi par plusieurs couches de peinture. Quand il redescendait, il trouvait son modèle nu sur la table, concentré et prêt à être saisi par la main. Alors, il enfonçait la touche Play de son poste hi-tech et très cher de marque Bose, dont l'essentielle musique rythmerait la séance. James avait une appétence particulière pour la contemporaine. Il aimait les ostinatos, les harmonies étranges, les rythmes répétitifs, tout ce qui serait assez obsessionnel pour les plonger tous les deux dans une sorte de rêve éveillé. Rose, ainsi nue dans cet espace industriel blanc comme neige et dépouillé, se prenait pour un modèle de la Factory d'Andy Warhol, rôle qu'elle jouait effectivement à la perfection, puisque pendant les deux heures où l'artiste devait parvenir à la saisir, elle restait froide comme une statue de marbre, indifférente à ses caresses furtives, se contentant de chorégraphier un enchaînement de postures toutes plus compliquées les unes que les autres, et telle la Sphinge de Thèbes, répondait de façon laconique et inspirée à toutes les questions que James lui posait pour rompre la glace.

Enfin au bout de deux heures, elle ne lui donnait plus rien, descendait de la table et disparaissait encore une fois derrière le rideau pour se rhabiller. Elle repartait plus riche de cinquante euros, ainsi que tout à fait détendue comme si elle sortait d'une séance de hatha yoga.

Mais James avait mordu à ses grands yeux clairs et à son air de rockeuse désabusée, et le soir même, lui envoyait un sms pour la supplier de lui réserver le mardi suivant à 19 heures. Elle le laissait mariner deux ou trois jours, puis bon prince, lui répondait oui. Ainsi mis au défi par cette distance que ce modèle pas comme les autres lui imposait, James redoublait d'attentions à son égard. Il ne débutait plus les séances sans lui offrir des douceurs qu'il achetait chez les plus grands confiseurs, lui faisait des petits cadeaux précieux, lui laissait le soin d'amener la musique qu'il lui plairait d'écouter et s'imaginait qu'elle en était heureuse. Rose augmentait de dix euros son tarif, et James payait.

Un soir, il essaya même d'installer le lit dans l'atelier, pour la convaincre que ce dispositif rendrait les poses plus confortables, et qu'elle pourrait se sentir comme dans sa chambre… Rose exigeait le retour immédiat de la table et James restait misérable en proie à son désir non satisfait d'obtenir d'elle qu'elle s'adoucisse un peu.

Un jour pourtant, Rose commença à ruisseler de désir pendant les poses. En effet, malgré son indifférence feinte, elle était devenue accro à leurs séances. À l'odeur de l'encre qui remplissait la tête comme une injection lente dans les veines, au bruit de la plume qui grattait le papier, des pinceaux qui s'entrechoquaient dans le bol, au contact fiévreux des mains du peintre sur elle pour ajuster une posture. Et puis cette musique qui enveloppait de façon si hypnotisante… Souvent, elle crut atteindre l'orgasme sous ses mouvements passionnés dont les fulgurances faisaient bouger la table et grincer les pieds, ce qui imprimait entre ses reins un ample mouvement de va-et-vient qui lui donnait l'illusion troublante qu'il la ravageait. Si bien qu'à force de séances, Rose finit par éprouver une première envie sexuelle sincère pour James. C'était arrivé sans qu'elle s'y attende, alors qu'elle cherchait la justesse d'une posture.

— Mets-toi de dos, je veux voir ton cul !

Contre toute attente, cet ordre de James l'avait immédiatement embrasée. Depuis, elle ne cessait d'imaginer malgré elle sa queue en érection sous la toile de son denim. Ainsi redoublait-elle d'efforts afin de cacher son désir, entortillait ses pieds comme une petite fille timide pour garder les jambes fermées, se tordait de façon insensée sur la table, restait pendant de longues minutes en appui sur le flanc, avec les coudes ou sur les genoux, postures qu'elle tenait en approfondissant sa respiration, ce qui avait comme fâcheuse conséquence d'éveiller son périnée et tous les muscles profonds de son vagin, et donc d'embraser encore plus son appétit sexuel. Désormais, plus les poses étaient douloureuses et plus elle éprouvait de plaisir. Elle pouvait rester longtemps le visage écrasé contre la table, les fesses offertes à éprouver des fourmillements insupportables dans les jambes pendant que James continuait de la dessiner, et parfois ne faisait rien d'autre que l'observer, ce qui rendait son supplice encore plus délicieux.

— Aïe…

— Encore cinq petites minutes. Tu es superbe.

Si bien qu'à force de séances, Rose devint totalement docile et accepta le retour du lit dans lequel

James voulait la voir s'abandonner complètement. Car ce que le peintre désirait plus que tout au monde, c'était voir Rose, la regarder par où elle se dérobait. Il n'en pouvait plus de tourner autour du pot de peinture. Il avait des centaines et des centaines d'esquisses à l'encre de son modèle dans des positions insensées, des dessins incroyables de force et de vie, mais à ce stade de leur relation artistique, il lui manquait bien l'essentiel : *her sacred sex.*

Alors, la fois suivante, il eut l'idée de l'attacher sur le lit. Pour le plus grand bonheur du peintre, Rose accepta. Elle adorait le contact rêche de la corde sur sa peau, qui était comme une morsure délicieuse. Dans ce contexte, la sensation d'entrave était incroyablement excitante. Elle n'avait pas seulement l'impression que les limites de son corps se prolongeaient, elle se sentait enfin maîtrisée. Ainsi préparée, la croupe à l'air, soumise aux caprices de son peintre, Rose lâcha prise, mouilla et gémit tant que James la laissa se calmer un moment dans la position inconvenante, où elle offrait sa fleur à tous les vents, pour tourner autour du lit avec sa caméra vidéo afin qu'elle se sente indigne sous tous les angles. Puis il revint à hauteur de son visage, se dézippa, puis lui fourra dans la bouche son sexe très dur et très épais, qu'elle avala sans discuter. James marquait des points. Il comprenait bien maintenant comment Rose aimait qu'on s'occupe d'elle.

— Humm, Rose enfin… avait-il exulté, lui attrapant la tête, la tenant fermement pour qu'elle continue à le sucer bien à fond.

Mais cette fois-là, James décida de ne pas la baiser, se rhabilla, la détacha et continua la séance comme si de rien n'était, sans autre tentative de fornication sauvage, malgré toutes les tentations que le lit offrait. Rose rentra chez elle ravagée de désir et appela un ami fidèle et dévoué à son plaisir pour qu'il vienne finir ce que l'odieux artiste avait commencé. Elle fut au comble de la frustration quand deux jours avant leur séance hebdomadaire, il annula sans réelle explication. Néanmoins, il continua d'entretenir le désir à distance, la harcelant de textos hot. Et il lui communiquait toutes les idées qui lui passaient au travers de la tête pour leur prochaine séance… qu'il annula encore une fois. Rose se jura de l'envoyer paître quand il lui proposerait à nouveau un rendez-vous. Toutefois, cette nouvelle relation par textos interposés la chauffait bien, et elle capitula quand un jour elle reçut : « Mardi 19 h ? »

Cette fois-là, il l'avait accueillie avec du champagne.

— Nous fêtons deux choses, ce soir. Ton année de plus qui te rend encore plus belle et notre nouveau projet : un diptyque grand format ! Plus aucune limite entre le corps et la toile, tu seras le pinceau et le support en même temps. Je vais te consacrer ma prochaine expo tout entière, ma chère Rose. Cela va être génial. On s'y met ce soir, et cette fois, on passe à la couleur !

Ne sachant trop si elle devait éclater de rire ou prendre cette tentative de rejouer les meilleures heures d'Yves Klein au sérieux, elle se contenta de sourire, de savourer son champagne, tout de même touchée qu'il ait retenu la date de son anniversaire. Après tout, pourquoi pas, et de toute façon, après ce qui s'était passé la dernière fois, elle était désormais ouverte à toute proposition susceptible de lui faire éprouver ces sensations si intenses qu'elle aimait tant. Et puis, Rose savait très bien que cette séance allait de toute façon finir en culbute frénétique sur le lit, alors autant voir grand format et s'en mettre partout.

Sans perdre une minute de plus, voici James affairé à la préparation de sa pièce maîtresse, à sortir de la réserve ses plus grands rouleaux de papier, à les dérouler avec excitation afin de découper sa toile aux dimensions qu'il envisage pour son grand œuvre.

— Il faut te laisser assez de liberté pour te permettre d'évoluer entre le sol et le mur. Tu t'aideras du lit pour passer de l'un à l'autre.

Rose le regardait recouvrir le mur, le lit et le sol tout en continuant à siroter son champagne. James l'amusait. Il lui faisait l'effet d'un gamin qui vient d'avoir l'idée du siècle pour un nouveau jeu super cool.

— T'as rien à grignoter ?

Cinq heures et une deuxième bouteille de champagne plus tard, Rose est en état de mouille avancée. Son excitation est intenable. Pompette comme une prostituée romaine, elle a l'impression d'être la grande prêtresse de l'amour et de l'art. James et elle sont pris dans un tourbillon de création insensée, dans un corps-à-corps incroyable, et cela semble ne jamais devoir s'arrêter. Ce soir, Rose n'est plus l'austère danseuse but qui enchaîne les postures compliquées sur la table… non, ce soir, elle danse divinement avec, sur et en dehors du lit de James.

Tour à tour lascive sur le sol, détrempant la toile avec son grand corps, mutine sur la pointe des pieds en appui sur le matelas, exposant sa croupe au pinceau puissant du peintre, puis ramassée en position du chat soufflant au créateur des insanités irradiantes pour qu'il vienne la mordre dans le cou, puis la faire tourner autour de ses bras d'homme habitué à attraper la femme, qui, sous le désir, se dérobe pour mieux se faire reprendre, puis maîtriser, offerte, puis tout à coup, fuyante comme une muse des bois, appelant les caresses, ne les laissant pas dévier entre ses cuisses, Rose, ce soir, est la grâce et la féminité même, qui enveloppent James en son sein.

Le peintre n'a jamais été autant inspiré, il veut tout utiliser, ne sait plus si ce sera avec le pinceau, la brosse, les doigts, la couleur ou l'encre. Il veut tout embrasser, tout retranscrire. Rose est en train de lui offrir tous les états possibles des humeurs de la femme, et cela le met dans un état de frénésie incontrôlable. Il se croit Ulysse perdu aux pays des Néréides sous le coup d'un charme puissant. Rose n'a jamais été aussi incroyable de force et de justesse. Elle est la muse intégrale, la grande Galatée qui réussit à ouvrir le cœur de Pygmalion. Mais James, misérable mortel, bande aussi comme un cerf, et son incroyable gaule est fabuleuse car elle ne l'a jamais autant fait produire. Sa toile géante est pleine de leurs ébats créateurs, et sur le corps de Rose, c'est une orgie de jaune, de violet, de bleu, de noir et de rouge. Ils sont en train d'accomplir une formidable œuvre…

— Je vais prendre une douche.

— Quoi !

— Oui, tu as bien entendu. Je m'sens sale. J'ai l'impression d'avoir été souillée par toute une horde d'hommes.

Quelques minutes plus tard, alors qu'elle est en train de passer ses seins sous le jet d'eau afin de les débarrasser de la collante peinture, James fait irruption tout habillé dans la douche pour s'emparer d'elle.

— Alors, petite salope, pendant combien de temps vas-tu encore m'échapper ?

Rose sent la langue de James envahir son cou, son oreille puis sa bouche. James est comme un fou, il halète si fort qu'elle croit qu'il va se répandre sur elle. Puis ce sont ses doigts qui s'enfoncent en elle profondément, alors que l'eau continue à couler entre leurs deux corps.

— Humm, petite salope, petite pute, je vais te baiser parce que tu n'attends que ça.

Force est d'admettre que James avait raison. Mais plus que tout, Rose, la rose en feu, n'avait, en cet instant, envie que d'une seule chose : sucer la grosse bite de James, qui l'avait ravie une première fois et qu'il lui avait interdite depuis. En descendant ses mains pour le déboutonner, elle trouve le braquemard pris en main et prêt à être englouti.

— Humm, oh oui, ma belle rose. Suce-moi fort, je t'aime.

Sa queue est vraiment bonne. Elle a envie de la bouffer tout entière. Elle aime tant avaler les garçons. Elle aimerait tant qu'il la souille, qu'il explose sur son visage…

— Humm James…

Et puis non. Ce serait vraiment trop dommage de ne pas se faire démonter par un aussi bel animal. Alors poussée par une envie subite et contraire, elle ferme l'eau de la douche et les emmène tous les deux dans la réserve à tableaux, où elle veut que James la finisse dans les règles de l'art. Une levrette magistrale et profonde avec déclenche simultanée par son clito. Voilà ce dont elle avait vraiment besoin en cet instant humide. Sitôt dans la réserve, plaquée contre une des toiles, levant sa croupe mouillée pour accueillir la première ruade, Rose s'apprête à savourer la meilleure des baises, mais James ne l'entend pas ainsi.

— Allonge-toi par terre, salope. Les pattes grandes écartées. Je veux voir ta chatte.

Prise par la violence du désir, Rose s'exécute. Les jambes ainsi ouvertes, elle se sent lamentable, mais, Dieu, elle n'a jamais été aussi chaude. Ses hanches bougent toutes seules tant elle a envie d'être foutue. À la voir ainsi se tortiller sur le sol comme un animal impur, James exulte.

— Écarte. Plus grand.

— Non. Viens.

— Dis-le-moi, petite pute…

Dans la semi-pénombre de la réserve, James observe la fente de Rose suinter de son abondant désir. Il y met les doigts, recueille le lait qui coule des parois, s'en délecte. Il aime ça, James, observer les chattes palpiter, les trous appeler sa queue comme autant de bouches avides. Il trouve que c'est la chose la plus excitante dans le sexe, une belle chatte enflée de désir, brûlante et ruisselante de mouille. Il aime voir la chair passer du rose au pourpre, les muscles s'ouvrir et se refermer. Il adore plus que tout écarter les lèvres, jouer avec, tirer sur la fourrure, faire rouler les nymphes entre ses doigts, puis enfin les enfoncer, aller et venir de plus en plus vite dans la plaie toute chaude de ses belles amies afin de leur donner un avant-goût des prochains assauts qu'il leur réserve.

— Oh, c'est bon, oui…

— Dis-le, petite cochonne.

— Je la veux !

— C'est ça… oui… dis-le-moi que tu la veux, ma grosse queue dans ton joli trou, mon petit chat… Hum, tu vas voir comme James va te rendre heureuse…

Accélérant ses assauts dans la fente visqueuse de sa demoiselle, James, le sexe lourd de désir, s'est pris en main, et il est en train de s'astiquer. Rose aime voir ça, elle sourit d'envie de le voir revenir encore une fois dans sa bouche.

— Tu veux que je jouisse sur ta gueule, salope… Dis-le-moi !

— Je veux que tu me baises, James ! Que tu m'en mettes plein la chatte. Je veux que ton foutre me dégouline sur les cuisses.

Appelé par cet aveu profond, Pygmalion enfin retourne Galatée sur le dos et la baise, la baise et la baise encore plus fort sur le sol froid de la réserve à tableaux afin de satisfaire son souhait le plus intime et le plus essentiel.

— Caresse-toi, ma belle Rose, je veux t'entendre jouir fort, mon ange.

Quelques ruades et deux fabuleux orgasmes plus tard, Rose et James tombèrent ensemble dans les bras de la volupté que Vénus leur offrait après ce long combat intense de plusieurs mois. Ils se voyaient tous deux récompensés pour ce jeu de la patience amoureuse dont ils avaient su faire preuve. Après avoir savouré cet instant de grâce charnelle où ils s'étaient unis hors du lit de leurs ébats artistiques, les deux amants ont quitté leur réserve à tableaux et sont revenus à leur gigantesque œuvre qui trônait à côté comme une preuve béante de leurs emportements érotiques. Le sperme de James dégoulinait sur les cuisses de la divine. Et cette sensation était tellement fabuleuse que Rose a laissé leurs fluides mêlés se répandre sur la toile tout en bas à droite là où, quand tout serait sec, James pourrait apposer ses initiales pour la postérité.

Plan social

Pierre des Esseintes

— Je devine ton exaspération, Pierre. Mais essaie de me comprendre. Je sais qu'en tant que délégué du personnel, tu représentes les salariés, mais j'ai été nommée à ce poste pour redresser cette boîte. Un retour à la croissance passe par une réduction drastique des coûts, et donc des suppressions d'emplois.

Les intonations de la voix de Clara trahissaient sa fatigue. Elle glissa une main sur sa nuque, enleva ses lunettes et les posa sur la table. Le restaurant commençait à se vider. À cette heure, les clients partaient retrouver leur bureau.

— Écoute Clara, ce n'est pas logique. La direction veut licencier en masse, et pourtant, le groupe continue à gagner de l'argent. Des centaines de salariés vont se retrouver sur le carreau.

Je balayais du revers de la main les miettes qui parsemaient la table. Je connaissais Clara depuis quelques mois, et nos rapports avaient toujours été très cordiaux. La restructuration imminente du groupe nous amenait à nous rencontrer régulièrement.

— Les décisions n'ont pas encore été prises…

Clara plongea les yeux au fond de son verre de cognac.

— Mais, malheureusement, je n'ai pas beaucoup d'espoir. Les actionnaires étrangers exigent davantage de rentabilité. Notre travail consiste à leur rendre des comptes. Nous sommes à leur merci.

Je réfléchissais sur les conséquences des licenciements qui s'annonçaient. Nous, salariés syndiqués, avions bien essayé de faire échouer le plan social. Nous avions investi du temps dans la rédaction et la distribution de tracts, la préparation de réunions, les négociations avec les dirigeants du groupe. Je pensais que les mouvements sociaux agiteraient encore l'actualité pendant quelques semaines. Les salariés voudraient toucher les patrons au portefeuille avec des grèves, il y aurait des occupations de locaux avec banderoles et fumigènes, quelques affrontements avec la police peut-être, et puis plus rien.

Relevant les yeux vers Clara, je me suis aperçu qu'elle me souriait.

— Tout ça nous dépasse, Pierre. J'aimerais tellement pouvoir faire quelque chose.

Clara était sincère. Il n'y avait rien à faire. Il fallait penser à réactualiser son CV et à chercher du travail, peut-être une formation.

En me parlant, Clara, consciente de sa beauté, jouait volontiers de ses boucles brunes et de ses grands yeux noirs. Un rayon de soleil, à travers la vitre, éclaira son décolleté, généreusement mis en valeur par une veste de tailleur cintrée et un corsage bien ouvert. Je l'avais toujours trouvée jolie. Les relations entre une représentante de la hiérarchie et un délégué syndical ne pouvaient que s'inscrire dans le conflit, mais là, je me disais : *« Tiens, après tout, nous n'avons plus rien à perdre, si je tentais de faire évoluer nos rapports ? »*

Quand nous sommes sortis du restaurant, j'ai respiré longuement, derrière elle, les effluves de Shalimar.

Le vent se levait, et le ciel se couvrait de nuages noirs. Ni Clara ni moi n'avions la moindre envie de regagner nos bureaux. Nous traînions le pas. Soudain, de grosses gouttes s'écrasèrent autour de nous. Trente secondes plus tard, une pluie battante nous mitraillait. Au bout de la rue, on apercevait l'immeuble du groupe. Nous avons commencé à courir. Clara avait enlevé sa veste et la brandissait au-dessus de sa tête. En quelques minutes, des rivières dévalaient les caniveaux, d'énormes gouttes de pluie faisaient des bulles sur les trottoirs. Le tonnerre grondait.

— Pierre, on ne va pas continuer à courir sous la flotte jusqu'à l'immeuble ! C'est trop loin !

Elle criait pour se faire entendre. Comme elle se réfugiait sous un échafaudage, je la suivis. Un éclat de rire secoua ses cheveux emmêlés. L'eau ruisselait sur ses joues. Derrière les structures de métal se cachait une petite église en restauration. Le portail était entrouvert. Comme deux enfants curieux cherchant une cachette, nous avons échangé un regard complice, et nous avons poussé, en riant, le lourd vantail. L'orage allait peut-être tout emporter, l'immeuble de notre groupe, nos jobs respectifs, la ville morne et sale, nos vies sacrifiées… Une petite église en travaux, c'était l'ultime refuge avant la fin annoncée.

On devait, pour atteindre l'allée centrale, se frayer un chemin à travers de gros sacs, des pierres entassées, et écarter des bâches de plastique accrochées à des tubulures métalliques. Après quelques mètres, on quittait le chantier et l'on pouvait accéder librement à la nef. La pluie résonnait contre les vitraux. On entendait le vent siffler sous le portail. La fraîcheur de l'air nous faisait frissonner. L'église était déserte. Devant moi, Clara marchait lentement. Sa croupe ondulait dans son tailleur serré.

Soudain, la pluie cessa, et l'édifice devint silencieux. Elle passa une main dans ses boucles mouillées. En respirant l'air qu'elle agitait, une décharge me secoua le bas-ventre. Comme elle traversait la douche de lumière poudrée qui tombait des vitraux, elle tourna la tête vers moi en souriant. Allais-je oser la prendre par les hanches, et l'embrasser ? Sans savoir pourquoi, à cet instant, j'ai senti qu'elle en avait envie autant que moi.

Sur une croix, un dieu abandonné semblait nous regarder. « *Seigneur, pardonnez deux misérables victimes de la finance internationale éprouvant un besoin irrépressible de faire l'amour.* » Je me collai derrière elle. Elle ne dit rien. Quand je posai mes mains sur ses hanches, elle plaqua ses fesses contre mon bas-ventre. Ma queue amorçait une tumescence.

La sueur perlant sur la nuque de Clara collait à sa peau quelques fines mèches de cheveux. En la respirant, je fermais les yeux. Elle se retourna, et posa une main sur la bosse de mon pantalon.

— Pierre, moi aussi, j'ai envie, mais on ne va quand même pas faire ça ici !

L'excitation rendait sa voix rauque.

— Pourquoi, tu n'as jamais fait ça ailleurs que dans un lit ?

— Excuse-moi, mais je préférerais une chambre d'hôtel ! Le confort d'un lit, c'est quand même mieux qu'une église en travaux ! En plus, il fait froid !

— J'ai toujours dit que les patrons étaient bourgeois et conventionnels. Tu n'échappes pas à la règle ! Un lit, c'est fait pour dormir. Ou pour mourir. Allez, viens, je vais te confesser.

Je la pris par la main et l'emmenai vers le confessionnal, sur le bas-côté. Ouvrant le court rideau de velours rouge, j'invitai Clara à faire pénitence. En s'agenouillant, elle fit craquer le bois du petit banc. Je me glissai péniblement derrière elle pour lui caresser les seins, essayant de forcer le tissu tendu pour atteindre ses tétons. Nos bouches se cherchaient, se frôlaient. Nous nous excitions à petits coups de langue furtifs. Non loin de nous, Jeanne d'Arc frissonnait sous son armure.

— Enlève-moi ma jupe.

Les cuisses de Clara étaient blanches et fermes, tout comme ses fesses charnues, moulées dans une culotte toute simple, en coton immaculé. Je m'excusai pour mes doigts glacés et écartai l'élastique. À genoux, je reniflais comme un petit chien sa raie humide. Clara se cambrait tant qu'elle pouvait. Je fis glisser la culotte, découvrant la perspective renversante de son cul bien en chair et les lèvres bombées de son sexe. À pleines mains, j'écartai sa raie.

J'étais surpris de constater que l'anus de Clara était cerclé de poils, peu nombreux mais assez longs et noirs, alors que sa chatte, elle, était soigneusement épilée. Je passais ma langue sur les poils en les lissant, de manière à dessiner des rayons autour du soleil beige clair, qui s'ouvrait en son centre sur un tendre rose pâle. Je humai la moiteur poivrée de la rondelle, puis dardai une langue durcie au cœur des plis odorants.

En dessous, les chairs bombées de sa chatte perlaient comme une mangue bien mûre. Accroupi derrière elle, dans le vestibule étroit, en me tordant le cou et en tendant la langue, j'ai réussi à lui laper le bouton. Des filets de mouille s'écoulaient de ses lèvres, l'un d'eux s'étira jusqu'au sol. Depuis combien de temps n'avait-elle pas baisé ?

Je libérai ma queue pour me branler en aspirant goulûment sa cyprine, le nez sur son anus palpitant. Je me relevai péniblement, puis, frottant ma bite contre ses chairs qui m'appelaient, je laissais sa mouille me lustrer le gland. Le bois centenaire du confessionnal craquait par endroits. L'odeur entêtante de l'encaustique parvenait à peine à couvrir celle, poisseuse, de nos corps en chaleur. Clara m'a fait comprendre qu'elle se sentait à l'étroit. Tu voulais un lit, Clara ? Ça ne t'excite pas, de profaner ce placard chargé de décennies d'iniquités ?

Je me suis extrait de la loge, laissant le rideau retomber sur Clara, jusqu'au bas de son dos. Elle était penchée en avant, les bras au-dessus de la tête, la joue collée à la grille. Vraiment étrange, ce confessionnal d'où émergeaient une croupe laiteuse et de belles jambes tendues. Un véritable appel au péché. C'était quand même plus excitant qu'une chambre d'hôtel ! Empoignant ses hanches à pleines mains, je m'enfonçai là ou je me sentais appelé. Planté en elle, je l'entendais gémir dans sa boîte, sous son rideau. Le confessionnal craquait de plus belle sous mes coups de reins. Dommage qu'un curé ne se trouve pas assis de l'autre côté, pour écouter toutes les cochonneries qui devaient lui passer par la tête :

« Pardonnez-moi, mon père, je suis en état de péché, un responsable syndical m'enfile comme une pute au cœur de votre église. Ça vous fait un peu bander, sous votre soutane ? Voulez-vous que je vous suce un peu, mon père, pendant qu'on me baise par-derrière ? Promis, je ne le dirai à personne ! »

En empalant sa chatte, j'écartais de mes pouces son œillet, et l'honorai d'un long filet de salive. Je risquai un index, qui fut vite happé par l'orifice.

— Encore !

Ses fesses claquaient contre mes hanches. Clara ahanait tandis que mon barreau la limait dans un bruit d'éponge que l'on presse. Ses gémissements se transformaient en une étrange mélodie. Mon index glissa tout entier dans son cul. Je sentis un obstacle au bout de mon doigt, mais ça ne m'arrêta pas. Au contraire, je ressentais un plaisir indéfinissable à me salir les phalanges dans les tréfonds de la directrice du groupe. Elle se cambrait pour mieux s'empaler. Ma queue semblait prendre encore du volume, tandis que mon index sondait, en vrille, l'argile de sa caverne étroite.

— Tu m'as bien sali le doigt, salope, je vais te le faire sucer.

Cette phrase la fit décoller.

— Oh, putain, viens, je jouis !

En déchargeant dans sa chatte, j'ai senti son sphincter se refermer autour de mon doigt, une, deux, trois fois. Elle écrasa sa main devant sa bouche pour étouffer un cri. Nos jambes tremblaient. J'ai essuyé mon index boueux sur le rideau du confessionnal. Clara se redressa, colla ses épaules contre mon torse, et renversa la tête en arrière. Une larme roula sur sa joue. Au-dessus de moi, je sentais le regard vide du dieu crucifié.

— Oh, Pierre, tu m'as fait jouir.

Quand nous sortîmes de l'église, elle se blottit contre moi.

— Tiens, il va pleuvoir encore.

— Il pleut.

Une semaine plus tard, Clara m'envoya un courrier, expliquant que, compte tenu de la nécessaire sauvegarde de la compétitivité, à l'origine de la réorganisation de l'entreprise, elle était contrainte de me notifier mon licenciement pour motif économique.

Love computer

Aline Tosca

Nous allumons nos ordinateurs.

Il me dit que là-bas, à Orléans, le temps tourne à l'orage. Il dit aussi que le sud, c'est bien beau parce que j'y suis, mais c'est loin. Qu'il viendra me chercher à la gare. Parce que nous allons nous rencontrer chez lui. Il y aura sa compagne. Elle est plus jeune que nous. J'ai vu la photo. Elle est belle, elle est brune, ses jambes sont longues, ses cheveux épousent ses hanches. On dirait une figurine de manga. Il paraît qu'elle en veut à mes seins, que son fantasme, c'est de sucer mes nichons. Lui, il rêve de l'amour à trois.

D'habitude, moi, les types qui me racontent des trucs salaces sur Facebook, ça finit toujours par m'ennuyer. Je me lasse vite. Je réponds épisodiquement, puis j'oublie de répondre. Ils sont désolés, je suis indifférente. Qu'y puis-je ? Quand le scénario est celui d'une fellation qui dure trois jours, forcément je bâille, je m'ennuie. Pour peu que ça veuille s'allonger entre des draps frais et se tendre tandis que je tète, non merci. Faut dire aussi que, même s'ils ont du vocabulaire, il leur manque un truc : le savoir composer.

C'est mon constat : les hommes qui draguent sur Internet, et d'ailleurs, tous les hommes quand ils draguent – et ça vaut pour les femmes, sur le web et In Real Life –, manquent trop souvent d'imagination. Pourtant, même Guy Marchand dans *Les Sous-Doués en vacances*, quand il active le love computer, la machine destinée à révéler si deux êtres sont faits l'un pour l'autre, et même la prof de philo et le prof de sport dans cet autre film, *P.R.O.F.S*, quand ils expérimentent l'amour à distance, chacun assis en tailleur dans un coin de pièce et qu'ils se racontent le sexe en mots choisis, et puis que ça marche pas parce qu'il se jette sur elle et qu'elle s'agace qu'il comprenne pas – même ceux-là me font rêver : ils conçoivent qu'on se sorte des mètres carrés étriqués des matelas qui servent déjà pour dormir, lire, et on y passe encore tant de temps alors…

Donc, faire l'amour, pardon, baiser, c'est suffisamment festif pour qu'on s'affale pas comme tout le monde.

Celui-là, je l'aime bien. C'est pas un canon, mais il a ce côté pas rasé de frais et vieux polo élimé et pas à la mode qui me fait marrer. Et puis j'ai lu son roman tiré à trois cent mille exemplaires, réédité en format poche, ça aide. C'est quand même pas dit que j'aille à Orléans. C'est gentil, le Centre, mais c'est gris et puis c'est froid. J'ai bien peur qu'une fois sur place il finisse par me demander si on serait pas mieux dans un lit, blottis. Non, quand je sens que ma chatte s'étire, je mets ma culotte et je sors. C'est pas les gens ouverts qui manquent par chez moi.

Bref, le voilà qui passe au vert, on va discuter. Sur sa photo de profil, il a de beaux yeux noirs. Les yeux noirs, ça fait ténébreux, rebelle, artiste.

Dans la petite fenêtre, je l'inonde de smileys. Son but : me faire venir chez lui pour le plan triennal. Le mien, savoir si un type est capable de tremper ma culotte en me parlant et en plus à distance. Et puis tant que j'y suis, j'ai une histoire érotique à proposer sous peu aux Éditions de La Musardine. Alors, envoyez la musique, les violons et la voix du ténor.

Y a quelques mois, il m'avait contactée parce qu'il voulait faire un livre de photos pornos. Il cherchait des modèles qui posent en écartant la chatte. L'idée de mes cuisses ouvertes dans toutes les bonnes librairies, mais aussi à la FNAC et chez Cultura, je sais pas pourquoi mais ça m'avait pas enchantée. Après on avait parlé de son best-seller. Et puis c'est tout.

Ce soir, il avoue que discuter avec un auteur érotique qui aime le porno l'émoustille. Que je lui plais. Que j'ai le don de rendre les hommes fous avec mes histoires de cul. Puisqu'on est dans les confidences, j'écris que si toutefois je le rencontre, je souhaite accéder à ses notes, aux plans de ses livres, qu'il me raconte précisément comment il travaille. Il élude. Pas grave, j'y reviendrai.

Je m'apprête à lui raconter des trucs bien cochons sachant qu'il va m'en raconter aussi, sauf que je doute que ça puisse me faire de l'effet. En revanche, lui, je compte bien qu'il bande comme un âne puis qu'il soit reconnaissant.

Il s'appelle Sébastien. Il a quarante ans. Il entend m'indiquer le chemin de ce dialogue. Il confesse être flatté parce que je l'appelle « excitante créature » sur son statut. Comme je suis gentille, je me montre flattée qu'un écrivain de renom me témoigne de l'attention, de l'attention érotique. Il est très fort, il dit :

— Aline… ce pseudo qui te va merveilleusement me fait tourner la tête, tu es deux, la vraie toi et puis Aline. On fait un truc à trois ?

Je réponds oui. C'est un homme impertinent, j'aime bien. Et puis c'est drôle et puis, hormonalement, ça me monte depuis un moment : je suis chaude. Je lui parle de ses lectrices admiratives, nombreuses, qui tortillent du cul sur son profil, ça en fait des groupies, mazette. Il semble heureux de cette horde de femelles qui se trémoussent, là, partout en France, en pensant à lui. Il cherche une phrase, la fenêtre reste silencieuse une minute ou deux. Après, je lis :

— Tes histoires pour enfants doivent susciter quelques désirs chez certains mâles en mal de sensation.

J'espère bien. Et j'espère que les filles aussi, ça leur fait de l'effet. Parce que les filles qui aiment les filles, y en a plus que ce qu'on croit. Au travail, j'ai un jeu débile. J'oblige mes collègues à participer. Je coince, l'autre fois, Sandrine à la machine à café. On blague et donc on joue.

— T'es sur une île déserte, Sandrine, on viendra plus te sauver, t'as le choix entre Bernard et Claude. Qui tu choisis ?

On dirait que le ciel vient de lui tomber dessus.

— Non mais, Aline, les hommes, ici, c'est pas possible. T'as bien regardé ? Quoi que tu proposes, c'est des choix improbables ! On n'a pas droit aux filles ?

— Voilà. Bien sûr qu'on a droit aux filles. Et même, on a droit aux deux. Voire davantage. Mais tu dois savoir une chose, Sandrine : y a pas de lit sur cette île déserte.

Pour Sébastien, je fais la mignonne.

— Mes histoires de quelques pages n'ont rien à voir avec tes fabuleux romans… en ça, tu forces l'admiration.

Eh oui, toujours montrer à un homme qu'on est fan de lui, tout le bien qu'on lui veut. Pour le coup, je suis sincère. Avec ça, ma douceur légendaire – je suis sûre qu'il la perçoit à distance – fait de moi la soumise parfaite.

Je rappelle à Sébastien qu'il avait évoqué la possibilité d'écrire une histoire érotique. Je m'en souviens et je pourrais retrouver ça dans l'historique des messages, c'était y a plusieurs mois. Il n'a pas oublié. Il préfère toutefois largement l'histoire pornographique. Oui, moi aussi. Mais un bon repas est vraiment bon si on prend l'apéro avant. Ça, je lui envoie pas, parce que c'est vulgaire. Faudrait pas qu'il se méprenne sur qui je suis. Il ponctue ses messages de « oui ». Mutine, si fille, j'écris que s'il ajoute des *« iii »* à ses *« oui »*, on pourrait penser qu'on écrit des orgasmes.

Ça le fait rire, je crois. Il note :

— J'ai rien contre l'orgasme.

Je mets de côté sa phrase qui se glisse parmi nos rires : un roman érotique est une histoire, un roman pornographique peut devenir un livre.

Je sais pas trop ce que ça veut dire, et surtout je suis pas convaincue. Les deux peuvent devenir un livre. Ça dépend de qui écrit quoi. Mais je le contredis pas. D'une part, la phrase est jolie, je pourrais l'inscrire au fronton de mon blog. D'autre part, ça n'a aucune espèce d'importance. Discuter de la philosophie littéraire ne m'intéresse pas. Je recentre donc la conversation.

— Y a peu de gens qui soient contre l'orgasme, Sébastien.

Un silence, un smiley. Je patiente. Je sens bien qu'il hésite. Il se lâche enfin. Il accepte.

— Le smiley, c'est parce que j'essayais de trouver une réponse intelligente. Mais je m'incline. Je m'agenouille devant l'orgasme.

Voilà une bonne entrée en matière. Sauf que cet orgasme de la petite fenêtre, je veux le lui procurer. Il dit qu'un orgasme tout seul, c'est un peu triste, qu'il faut le partager. Que c'est comme un bon vin qu'on boirait en cachette. Tu parles, Charles, manquerait plus que je t'attende pour déboucher le millésime et grattouiller ma chatte sous ma jupe. La masturbation, faut pas s'en priver. La bonne bouteille non plus. Le top, c'est les deux devant une émission de variétés, vu que les variétés, on s'en branle.

Maintenant il exige des photos, moi nue. Bon d'accord, c'est le jeu. Chacun veut de l'autre quelque chose. Il m'annonce une fessée pour me punir si je n'obtempère pas. J'obtempère pas. Je suis pas une petite joueuse. Une pénitence, être corrigée, voilà qui me fait saliver. C'est un homme de lettres, il sait la bonne phrase.

— Tu auras toutes les fessées que tu veux, mais je voudrais connaître le territoire de ma mission… Et ça ne veut pas dire que tu seras privée de revanche…

Des photos cul nu d'un écrivain qui fait la une du magazine *Lire*, de sa bite bien raide ?

Sébastien 1. Aline 0. Un petit filet gluant coule entre mes cuisses.

Je perds ni le nord dont il est proche, ni ma place de fille. Mon clavier lui fait savoir que je suis encore sûre de perdre au match retour puisque l'adversaire est de taille. Bref, il a le décodeur, ça veut dire que j'accepte de le sucer. Je lui dis que la petite plume que je suis est émue. Il dit qu'une petite plume peut faire beaucoup d'effet.

Alors, il prend de l'assurance, et il me fait le coup de l'écrivain qui connaît son rayon et celui des autres. D'ailleurs, c'est vrai.

Il me raconte comment ça se passe, notre rencontre.

— Je pose mes mains sur tes genoux, j'exerce une légère pression pour les écarter, pour ouvrir tes cuisses… Tes cuisses s'ouvrent, offrant à mon regard ta chatte déjà infiniment mouillée… Et d'ailleurs, tu ne cesses de me répéter que tu mouilles… Et moi, je te regarde en souriant… Je souhaite que tu saches ce qui m'excite, je te donnerai des références comme *Youporn* ou *Pornhub*. Et je t'adresserai les liens des situations qui peuvent m'exciter.

Beh, mon cochon ! Il le sait, ça, Bernard Pivot ?

N'empêche. Ça marche. J'ai envie de ses mains en vrai. Je suis détendue, attentive, consacrée. Je veux.

Je veux toucher sa peau du bout des ongles, l'effleurer, quémander, demander la permission.

— Je compte d'abord te lécher jusqu'à ce que tu n'en puisses plus. Oui, je vais t'agacer, tout en enfilant un ou deux doigts dans ta chatte, les faisant coulisser avec application. Tu me suceras longtemps, sans pitié, avec gourmandise. Tu gémiras de me sucer, de m'engloutir, d'astiquer mon gland sans relâche. Je te forcerai jusqu'à ce que tu y prennes goût ! Je serai autoritaire, bien décidé à te dresser.

Ça me fait un bien fou, cette discussion. Quand je pense à toutes mes copines qui, somnolentes, sont au pieu, les cuisses ouvertes, se font limer en ayant la tête ailleurs, mes copines qui tremblent parce que le matelas grince, que ça va réveiller les enfants… Si elles peinent pas à jouir avec des angoisses pareilles… Le lit, faudrait que ça se sache, quand on vit en famille, c'est le dernier endroit où l'on baise, et quand on vit pas en famille, on doit en profiter pour rechercher, découvrir les vrais bons endroits, et puis tiens, le virtuel, si on est en couple, ça permet de se tromper sans se tromper vraiment… Toutefois, je dois prévenir Sébastien de ceci :

— C'est à ce prix que je me plierai, en chienne qui suce, qui lèche, qui salive, en cochonne qui en met partout et qui supplie, une capricieuse qui réclame son biberon et qui le boit salement. (Quand ça fait 15 000 signes, j'envoie à La Musardine, en mon nom, pardon on parle pas la bouche pleine, tu devrais me punir).

Il ne s'offusque pas de cet emprunt lexical. Il reprend, chauffé par mon intervention.

— C'est exactement ce que j'attends de toi. Que tu en viennes à cracher sur mon gland, à me sucer dans un interminable bruit de salive et de gémissements. Je te punirai régulièrement, ne t'inquiète pas. Ma queue, tu passeras beaucoup de temps à la sucer, à l'astiquer, à la branler, à la pomper, tu goberas mes couilles, tu me diras et me répéteras à quel point tu te sens chienne. Et tu me parleras pour m'exciter de plus en plus. Tu me provoqueras du regard. Tu me poseras toujours la même question, tu me demanderas si j'aime ça. Je te répondrai que oui. Mais tu ne cesseras de me le demander tout en m'astiquant avec ferveur. Je m'arrangerai pour tenir le plus longtemps possible, pour en profiter, avant de jouir par saccades entre tes doigts, sur ton visage, tandis que tu continueras à me secouer longtemps après, sourde à mes gémissements. J'ai envie que tu sois salope, que tu avales, que tu te délectes, que tu aimes l'idée de mon foutre sur ton visage de garce, ce foutre que tu boiras jusqu'à la dernière goutte. Ferme les yeux et imagine que je m'acharne sur ta chatte et ton cul avec ma bouche, ma langue, mes doigts, et que mes mains se plaisent à pétrir tes seins gonflés de désir. Je ne te lâcherai pas tant que ta voix ne se sera pas cassée à force de gémir. Je veux ta chatte, ton cul, ta langue et ton regard assoiffé de garce. Je veux dire que je veux des images, des photos, comme à l'école quand on a des bons points. Je voudrais qu'avec ma compagne, vous vous occupiez de moi, que je m'occupe de vous, qu'on s'occupe entre nous. Regarde les liens sur *Youporn*, je t'en prie.

Je décide qu'il est l'heure de déguster un bon verre de rouge, ou de blanc, je ne sais pas ce que j'ai au frais. Les deux sûrement. Que je materais bien le replay d'une émission de variétés avec en guest star un chanteur à succès pour midinettes plus ou moins jeunes. Qu'à poil sous la couette dans le canapé, la main qui tient pas le verre pourrait venir me chercher bonheur. Que c'est le moment où je poserais bien ma tête dans les cheveux de sa copine, à Sébastien. Ou je passerais ma main sous son pull pour aller chercher ses petits seins aux gros tétons. Je lui volerais des baisers aussi. Elle couinerait comme une connasse dans un film porno et elle aurait un je-ne-sais-quoi d'émouvant qui tiendrait à sa gourmandise, à sa frénésie, à son envie de croquer dans mes chairs. J'attendrais le ténor, il chanterait une impossible chanson… *Dis-lui*, par exemple, ça m'exciterait en diable et c'est moi qui pincerais les cuisses de ma partenaire pour qu'elles s'ouvrent et se proposent à ma main, je presserais fort son fruit et ça juterait. Demain, j'envoie tout ça au directeur de collection, à La Musardine. Comme il est malin, il va savoir que je suis une sale fumiste qui écrit une nouvelle en dilettante à partir des mots d'un autre, – mais là où y a de la gêne, y a pas de plaisir –, et en peu de temps parce que c'est comme un meuble en kit, c'est prêt à l'emploi. Que l'intérêt, c'est que j'ai expérimenté pour de vrai, que tout est réel dans mon histoire.

Je vais peut-être y aller, chez Sébastien, aux prochaines vacances, juste un week-end, parce que j'ai jamais baisé avec un grand écrivain et avec une femme de quinze ans ma cadette. Parce que c'est la première fois que je me tâte grâce aux mots d'un type sur Facebook. Parce que j'espère qu'il a compris que c'est pas son plumard qui m'intéresse, à la limite sa table, sa caisse, l'évier de la cuisine, sa montée d'escalier, sa cuvette de toilettes... il me dirait de pisser, de ne pas m'essuyer et il me désirerait, peu importe l'endroit, mais pas dans un lit, et à condition qu'il me cause comme on cause dans les livres de cul. J'irai, qui sait. J'y penserai à la veille des congés. J'aime pas prévoir ça. Et puis si ça se trouve, à Orléans, les maisons sont chauffées.

Magnétisation

Octavie Delvaux

Aujourd'hui, je me suis préparée à la confrontation. Lundi dernier, j'ai été prise de court. Tout était si nouveau pour moi. Je suis allée de surprise en surprise, sans rien maîtriser. Le moins qu'on puisse dire, c'est qu'il m'a foudroyée quand je m'y attendais le moins. J'ai tremblé, brûlé, divagué avant de jouir sous sa coupe. J'en suis sortie les joues rouges, le corps chaud, amolli, incapable de rassembler mes idées en une pensée cohérente. J'entendais le médecin me parler, sérieusement, émettre l'hypothèse d'un nouveau rendez-vous, sans percevoir ni la gravité ni la réalité de la situation. C'est plus tard que j'ai compris que ce qui s'était produit n'était pas une élucubration de mon cerveau sous contrôle. Et c'est pour cette raison que cette fois-ci, j'ai mis toutes les chances de mon côté. Oui, cette fois-ci, je ne serai pas désarmée. Quitte à vivre une nouvelle épreuve, autant en tirer le meilleur parti. Les moments à venir seront d'une brûlante sensualité ou ne seront pas.

D'habitude, je réserve ce genre « d'exercices » à la chambre, plus exactement à mon lit, dont le matelas a connu mes plus grandes extases. Seule, ou bien accompagnée, je suis une jouisseuse experte, mais je ne pensais pas, avant le choc de lundi dernier, qu'un endroit si particulier que celui que je m'apprête à investir pouvait décupler à ce point la force du plaisir. Et je pressens qu'avec un minimum d'efforts de préparation de ma part, ce pourrait être la plus inoubliable expérience sexuelle de ma vie.

Pour commencer, j'ai passé de la lingerie sexy. Je porte un ensemble en dentelle de Calais rouge. La forme corbeille du soutien-gorge arrondit joliment ma poitrine, et le tanga chatouille ma raie quand je marche ou croise les jambes. Les bas et le porte-jarretelles, je les ai mis aussi pour les sensations qu'ils procurent : celles du harnachement de la jument avant la saillie. Mais ce n'est pas tout. J'ai eu une idée plus folle. Un plug. En bois. Oui, vous avez bien lu, en bois. L'acier n'était pas envisageable, et je craignais que le plastique ne produise pas l'effet escompté. La mode du 100 % bio et naturel aidant, je n'ai pas eu trop de difficultés à dénicher un modèle en hêtre verni. Par chance, le vendeur était diplomate, il n'a pas insisté pour savoir pourquoi l'objet devait être impérativement en bois. Le brave a dû croiser de pires fétichistes que moi. Ce *sextoy* me plaît bien : il est doux, de forme ovoïde, ni trop gros, ni trop long. Juste ce qu'il faut pour me sentir « occupée ». Je l'ai tout de même enduit de lubrifiant avant de le glisser tout doucement dans mon anus. Pendant l'intromission, je me suis remémoré tous les détails qui m'avaient frappée : la beauté du médecin dont la virilité n'était pas altérée par la blouse blanche qu'il portait boutonnée par-dessus une chemise cravatée, sa poigne virile lorsqu'il m'a serré la main, toutes les cochonneries qu'il est possible de faire en pareille compagnie… Sa langue sur mon con, pendant qu'il balade ses grandes mains chaudes sur mon ventre et pince mes tétons du bout des ongles, la puissance de son déhanché unique, et entêtant, son souffle excité chatouillant mon oreille, son doigt baveux inséré dans mon petit trou pendant qu'il me pilonne en levrette… J'aime penser à tous ces détails d'autant plus obscènes qu'ils ne se produisent pas dans l'intimité protectrice de la chambre. L'effet de ces images a été fulgurant : mon sexe s'est englué, je l'ai senti s'ouvrir, tout comme mon anus peu à peu distendu par le plug. Mon clitoris dardait, raide et fier, hors de son capuchon, prêt aux attouchements qui le feraient exploser. J'aurais pu me masturber pour soulager le feu entre mes jambes, mais je ne l'ai pas fait. Je me réservais pour la suite. La frustration est l'amie des plus grandes jouissances.

L'hôpital est un CHU gigantesque, une ville à lui tout seul, fait de multiples rues, croisements et bâtiments. J'ai beau être déjà venue, je me perds dans les allées avant d'enfin trouver la porte F8. Personne à l'accueil. Soit, je passe en salle d'attente, essoufflée et déjà émoustillée par les sensations que m'ont procurées mes sous-vêtements pendant que je trottinais de-ci de-là. Ôterai-je mon porte-jarretelles le moment venu ? Je n'y avais pas pensé. J'ai peur de paraître un peu trop salope aux yeux du médecin si je le garde. Mais si je l'ôte, il manquera quelque chose. Le dilemme est d'envergure. Remarquez, j'ai du temps pour méditer. D'un coup d'œil circulaire sur la salle d'attente, je constate qu'une demi-douzaine de personnes est rassemblée ici. Tous ne sont peut-être pas des patients, il y a aussi les accompagnants... C'est assez troublant d'imaginer qu'une fois mon tour venu, lorsque je revivrai toutes ces émotions honteuses, ils seront toujours là, ou bien leurs remplaçants, avec ce même regard éteint, empreint de crainte et de lassitude, qui frappe tout un chacun une fois le seuil d'un hôpital franchi. Tout de même, me voilà partie pour une bonne heure d'attente. Sans doute ont-ils cru compenser leur incapacité à respecter les horaires en disposant ce gigantesque écran plat qui diffuse les informations d'i-Télé sans le son, ce qui diminue de beaucoup leur intérêt. Plutôt que de ronger mon frein, focalisée sur la maladie, je m'évade, en pensée, à quelques cloisons de là. Je visualise le médecin à son poste, manipulant d'autres patients.

S'il n'a vu que des vieilles femmes ou des bonshommes ventripotents depuis ce matin, j'imagine son plaisir de me découvrir sur mon trente et un tout à l'heure. S'il s'est montré sensible à mes charmes la dernière fois, alors que je portais une culotte Petit Bateau et un soutien-gorge en coton, qu'en sera-t-il aujourd'hui ? J'aime me figurer son choc émotionnel, la flamme perverse qui traversera son regard, la connivence qui s'instaurera immédiatement entre nous. Ce sera délicieux de l'aguicher. Tout en y songeant, je gigote sur mon siège pour réveiller le plug.

La voix flûtée d'une infirmière interrompt ma rêverie. C'est déjà mon tour. Me voilà conduite dans une cabine personnelle où je dois me déshabiller avant de passer le peignoir supposé sauvegarder ma pudeur jusqu'au dernier moment. Je m'exécute avec empressement. Tout en gesticulant, je sens le *sextoy* osciller dans mon ventre, ce qui aiguise en moi le sentiment d'interdit... L'endroit est si inapproprié pour ces cochonneries. Je résiste à la tentation de me caresser, mais en palpant ma vulve à travers la dentelle du tanga, je constate qu'elle est déjà gonflée et humide. Pendant que je patiente dans le couloir, je suis sur des charbons ardents. Les bruits si spécifiques des machines me parviennent et me ramènent quelques jours en arrière. *« Il n'y a aucune raison d'avoir peur »*, chuchote une soignante à un patient blême comme son peignoir. Il n'y a jamais d'incidents. *« Tout dépend de quel incident on parle »*, me dis-je avec amusement.

Lorsqu'il ouvre la porte, je n'ai pas besoin de me retourner pour savoir que c'est lui. Je l'ai reconnu à ce simple geste, qui révèle un esprit direct, déterminé. Celui d'un homme qui ne s'embarrasse pas de tralala.

— Mademoiselle Rioux.

Je me lève en sursaut. Sa poignée de main a toujours la même vigueur, et son regard d'un noir profond, magnétique, me sonde en profondeur. Son sourire n'est pas des plus francs, mais c'est ce qui lui donne tout son charme, cette touche de mystère impénétrable. Il dénonce une personnalité complexe, que même ses proches ne doivent pas être à même de cerner.

D'une voix aimable, le médecin m'invite à le suivre et à m'installer sur le fauteuil. Je l'entends triturer son matériel pour l'injection. D'habitude, je n'aime pas les piqûres, mais avec lui, c'est autre chose. Une expérience érotique à nulle autre pareille. Un tourbillon de sensations contradictoires... Il est le maître, qui souffle le chaud et le froid, qui choisit et crée son orifice avant la pénétration forcée. L'ultime violation. Pendant toutes les manipulations, il ne me quitte pas des yeux. J'ai la sensation entêtante d'être transpercée une seconde fois et qu'il le fait... sciemment.

Certes il m'impressionne, m'hypnotise même, mais c'est sans compter ce que je lui prépare. Avant même qu'il m'ait demandé de me déshabiller, j'ôte la ceinture du peignoir, et, le plus nonchalamment du monde, je laisse tomber le vêtement à mes pieds, soignant ma pose de pin-up : épaules en arrière, menton relevé, cambrure marquée, cuisses serrées....

Le croirez-vous ? Il se racle la gorge. Tout simplement. Point de rouge à ses joues. Nulle lueur coquine dans son regard. Mais il esquisse une infime torsion des lèvres, que j'interprète aussitôt comme une approbation de ma conduite, et une invitation à me laisser aller…

Enfin vient le moment tant attendu où je m'allonge pour subir l'examen. Une fois dans le tunnel, je préfère fermer les yeux, rester attentive aux sons. Ne pas bouger. Ça, c'est dans les consignes, que le docteur me répète encore, d'un ton impérieux qui m'excite comme une écolière. Je serre les cuisses et les fesses à fond, pour mieux sentir le plug, puis, une fois le protocole amorcé, je m'alanguis, et laisse le charme agir.

De l'air frais effleure mon visage tandis que les bruits commencent, forts et désordonnés… C'est petit à petit que le flux s'installe… Il parcourt et caresse mon corps, en commençant par les parties supérieures… D'abord mon cou, ma poitrine, mon ventre. Sa chaleur gagne en ampleur à mesure qu'il descend, inexorablement, vers mon sexe… Je reconnais ces fourmillements, c'est ainsi que tout a commencé, la dernière fois. Je tressaille quand je sens le feu s'emparer de mon sexe et embraser le plug… Me voilà démasquée, fouillée au plus intime. Il ne me laisse aucun répit, échauffe mon clitoris, en même temps que ma vulve, transformée en véritable torche de chair incandescente ! Je ne dois pas bouger même si mon cul brûle comme si je venais de subir les assauts sodomites d'une équipe de rugby. Comme je lutte pour contenir les torsions de mon corps ! Le docteur aimerait me prendre, je le sais. Même à travers la cloison et la cacophonie ambiante, je perçois son désir animal. Et je l'accueillerais avec plaisir dans mon réduit. Mon vagin comme mon anus, ouvert et stimulé par le jouet, seraient tout à lui. Il plongerait à son gré dans mon bouillon intérieur. Respectueuse des consignes, je ne ferais pas un geste, même sous les plus violents coups de reins. Je me mordrais les lèvres plutôt que de laisser éclater mon plaisir par des ondulations de bassin. Il me baiserait comme on baise une morte, sans égards, pour son unique satisfaction… Peut-être l'a-t-il déjà fait après tout ? Pendant ses années d'études où il a dû côtoyer tant de cadavres ? Qui sait si ce n'est pas ce qui l'excite ? L'immobilité absolue des patientes ? Et si c'était ça, sa part de mystère ?

Je dois être aussi tordue que le fantasme que je lui prête car c'est à cette idée, et sous la coupe machiavélique de l'engin qui me sonde, par ondes électromagnétiques, que je jouis, plus fort et vite que la première fois… Puis, comme la chaleur ne cesse pas avec l'orgasme, une seconde, puis une troisième vague me terrassent, toujours plus puissantes. Lutter pour l'immobilité participe au plaisir. Quand les bruits cessent et que je me sens coulisser vers l'avant, je rouvre enfin les yeux sur mon environnement. Dans un brouillard de larmes, j'aperçois avec étonnement un homme blond, qui n'est pas mon médecin. Un infirmier, semble-t-il.

— Vous pouvez vous relever et vous rhabiller, c'est terminé. Le docteur Hochman va venir vous faire son compte-rendu, il a suivi l'examen de la cabine, me dit-il.

En effet, pendant que je passe le peignoir, je peux distinguer la silhouette du beau médecin affairé derrière la vitre. Quelques minutes plus tard, il est devant moi, souriant.

— Les résultats sont rassurants. Je n'ai détecté aucune anomalie. Avec l'IRM de l'encéphale de lundi, celui du rachis aujourd'hui, vous pouvez vous détendre. On s'achemine vers un diagnostic bénin.

Vraiment ? balbutié-je, doublement choquée.

Vous avez de la chance, notre machine est toute neuve, à la pointe de la technologie. S'il y avait eu une quelconque lésion, elle serait apparue sur les clichés. Votre médecin traitant vous expliquera tout ça plus en détail.

Merci, merci beaucoup… C'est…

Au fait, m'interrompt le docteur. Vous voudrez bien remplir le test de satisfaction disponible à l'accueil ? Nous cherchons à évaluer la valeur ajoutée de notre appareillage. Le confort, le ressenti des patients…

Ce sera avec grand plaisir docteur, lui dis-je en lui tendant une main encore toute chaude.

Revue Science, Juin 2023 : « Des chercheurs de l'université de Caroline du Nord ont démontré que les ondes magnétiques générées par les IRM (imagerie par résonance magnétique) de dernière génération engendrent une excitation sexuelle chez 15 % de patientes. 5 % d'entre elles auraient eu un ou plusieurs orgasmes suite à la forte sensation de chaleur induite sur les zones érogènes. »

Du lit au lit : une odyssée

Ian Cecil

Je veux écrire un témoignage qui servira à tous les couples qui se laisseraient séduire par l'idée de baiser partout sauf dans un lit.

Un attrape-gogos, autant le dire tout net.

Le mariage, beaucoup n'ont pas tenu dix ans. Avec Marie, nous pouvons nous prévaloir de quinze ans de matelas. Pure laine. Pas une brindille n'a piqué nos fesses.

Et patatras, le bouquin de Marc Dannam est tombé entre nos mains. Nous avons connu dix ans d'enfer.

Dès les premières pages, je me suis dit que nous étions vraiment des ploucs. Coucher tous les soirs dans son lit, c'était déjà ringard, mais y baiser ! Alors que nous nous croyions heureux, Marie et moi avons rapidement senti que nous avions raté notre vie. Nous devrions ouvrir une fenêtre, sortir (par la fenêtre évidemment), coucher sur les toits, dans les bois, partout où ce serait évidemment mieux que dans la chambre à coucher.

Quand je lui en ai parlé, le premier matin de ma première lecture, Marie a semblé sceptique. Mais le soir même, pour la première fois, elle s'est ennuyée en baisant. Le ver était dans le fruit. Dannam le diable avait frappé.

Nous sommes descendus à la cave. Une simple porte en bois mal jointoyée nous sépare de la rue. Deviner les passants, les entendre parler, nous regarder nus l'un contre l'autre, soufflant, nous retenant de gémir et de crier, cela nous a électrisés. J'en devenais fou, une rage sexuelle me possédait. Une bestialité inconnue s'est immiscée en moi, j'avais envie de fesser Marie, cédais à mon envie, et elle ne tentait pas de contenir ma fougue, mes claques, au contraire, se laissant prendre comme une poupée, bras ballants contre des cartons, des sacs, tout un bazar poussiéreux qui tombait parfois, attirant un coup d'œil des passants qui ne voyaient rien, nous excitant davantage encore.

Nous avons tenu quelques jours là-dedans. Et la passion nouvelle est retombée.

Il fallait trouver autre chose.

Le lit était devenu un objet de répulsion.

Nous dormions sur le tapis du salon dans des sacs de couchage. La première nuit, Marie les a dézippés et m'a sauté dessus. De la fenêtre nous parvenaient les bruits de la rue, les verres qui s'entrechoquaient, les assiettes qu'on dessert. Revoir la scène conviviale que l'on avait quittée dans le salon une heure auparavant avec des collègues m'a troublé l'esprit. Je me suis jeté sur elle qui s'est abandonnée, criant, attirant l'oreille des dîneurs et des promeneurs.

Chaque nuit, nous revivions les moments passés dans cette pièce avec des voisins, des amis, les imaginant avec nous. Tout cela était nouveau, perturbant, provoquant des érections à répétition qui me laissaient exsangue. Marie en profitait, les sens, elle aussi, sens dessus dessous.

Et bientôt, le salon nous a agacés. Il fallait changer de pièce.

La journée, après les séances de la cave, nous nous précipitions dans la montagne qui entoure notre village et profitions du premier buisson pour nous déshabiller. Marie s'accroupissait, prenait mon sexe dans sa bouche, son cul rond à quelques pas seulement du chemin par lequel nous étions arrivés. Elle me chevauchait et je guettais les promeneurs qui ne venaient jamais. Les imaginer suffisait à nos ébats.

Ayant épuisé les chemins, mon dos et nos genoux, il nous a fallu encore une fois de la nouveauté.

« Ailleurs que dans le lit » était devenu « ailleurs tout court », toujours ailleurs : une véritable addiction. Un enfer, je vous dis. Évidemment, j'ai emmené Marie à Paris, à Vérone, à Venise. Même le romantisme n'échappe pas aux matelas. Partout, toujours des matelas.

J'ai ouvert mes guides touristiques : à Paris, je l'ai emmenée dans les catacombes. Pas difficile de s'isoler dans un couloir bordé d'ossements, contre une grille fermée à clef. Seulement Marie est restée gelée comme un cadavre. Les millions de morts désossés et alignés par type d'os ou jetés en vrac autour de nous n'ont révélé chez Marie aucune tendance à la nécrophilie. Le climax de cette expérience a été atteint lorsque j'ai tenté de la pénétrer avec un fémur. Un hurlement, une course effrénée jusqu'à la sortie en nous perdant dans ce qui devenait seconde après seconde un labyrinthe assourdissant et enfin le long escalier jusqu'au ciel nuageux de Paris. Le soir même, nous étions à Vérone. Tant pis pour notre compte en banque. Notre épanouissement sexuel et la survie de notre couple étaient en jeu. Un enfer chaque jour plus infernal.

Que disait le guide ? Roméo et Juliette, évidemment.

Évidemment, nous avons visité la maison de Juliette. Le balcon était infréquentable. Une foule incompressible dans la cour, et des badauds qui surgissaient à tout instant sur le balcon, sans parler des gardiens attentifs quoique perpétuellement un peu éberlués.

Restait le tombeau de Juliette. Une tombe en pierre sans couvercle où j'ai fait basculer ma Juliette, pendant que la gardienne était retenue près du puits central du jardin par un touriste à qui j'avais donné cinquante euros. Marie s'est mise à étouffer, entre les parois de pierre, le plafond au-dessus de moi qui l'écrasait. Ça s'est terminé par des coups, moi qui glissais pour la laisser sortir et puis dehors, la main sur la poitrine, à reprendre sa respiration pendant que le touriste passait devant moi en clignant de l'œil : *« Do you make it always so fast ? »*

À l'hôtel, la vue du matelas nous a rendus muets. Nous avons dormi sur nos chaises. À trois heures du matin, Marie s'est assise sur moi. On entendait des gémissements depuis la chambre d'à côté. Eh… oui, c'était sûr, des grincements ! Ils baisaient sur un matelas, ces cons-là, et ça n'avait pas l'air d'être ennuyeux du tout. Marie en était toute émoustillée. Je me suis déshabillé, Marie aussi, son corps scintillait sous le clair de lune qui se reflétait sur le sol. Son corps sur mes cuisses redressé était celui de Juliette, elle m'appelait son Roméo, nous avons ri et, ridicules, nous sommes aimés sur une chaise en paille entre les anneaux desquels, à notre départ, subsistaient des traces de nos semences séchées.

En nous promenant, nous avons réalisé que nos yeux hagards n'étaient plus que des capteurs de lieux insolites, sur lesquels nous nous précipitions pour une étreinte d'un moment. Une pénétration rapide était quasiment impossible et cette impossibilité nous faisait ressembler à des poissons hors de l'eau.

Une bonne heure de train, et nous étions à Venise. On nous a guidés jusqu'à une vaste chambre donnant sur le Grand Canal. Au centre, trônait un lit matrimonial. Nous avons failli sauter par la fenêtre.

Sitôt dans la ruelle, Marie m'a vu venir :

« Non, Ian, pas les cachots du palais des Doges. »

Mes épaules se sont effondrées, elle m'avait percé à jour.

« Moi, j'ai une idée », a-t-elle ajouté, espiègle.

Je n'en revenais pas. C'était elle qui prenait les choses en main. Je la suivais, main dans la main, comme traîné en laisse. Six heures plus tard, nous étions de retour, après un bon dîner et une escale chez un marchand d'où nous étions sortis avec une simple cape. Les jambes lourdes, épuisé, je me suis effondré sur le lit. Des cauchemars m'ont aussitôt hanté, des matelas cherchaient à m'étouffer, il en tombait du ciel, des cadres et des tours de lit en pierre comme les parois d'une tombe se dressaient jusqu'au ciel… Je me suis réveillé en sueur, me demandant à quel moment j'avais perdu le fil, tentant de me souvenir du moment où nous avions fait l'amour, durant toutes ces heures à Venise, sans rien trouver qui ressemble à un accouplement. À trois heures du matin, je dormais au pied du lit. Marie m'a réveillé. *« On y va »*, a-t-elle chuchoté.

Je me suis passé la tête sous l'eau, et nous avons débouché dans les ruelles vides. Le silence de ces lieux si animés la journée nous a semblé aussi sacré que celui d'un lieu saint. Nous avons ôté nos chaussures et marché pieds nus sur les pavés, montant et descendant les innombrables escaliers qui nous menaient, après moult détours, car Marie se perdait, jusqu'à San Marco. Au centre de cette immense place vide, nous avons regardé autour de nous : personne. Même les pigeons dormaient. *« Vite, allonge-toi ! »* a murmuré Marie. J'ai obéi sans comprendre encore. Retroussant sa robe sous laquelle elle ne portait rien, elle s'est assise sur mes cuisses et nous a recouverts avec la cape achetée la veille, nous transformant en gros sac. J'étais parfaitement réveillé. Baiser au milieu de la place San Marco était une idée de génie. Mon état n'a laissé aucun doute à Marie sur la qualité de son initiative, qui s'est abouchée à moi, bougeant son bassin sans perdre une seconde. Aucune pause, cette fois : ni elle ni moi ne tenions à finir dans les geôles italiennes. Je lui ai ôté sa robe, elle était nue devant moi sous la cape, sur les pavés de la place San Marco.

Jamais son corps ne m'a semblé plus beau. Plus brillant, malgré l'ombre. Son visage plus sauvage. Son corps plus barbare. C'était inouï, j'étais ridicule et je m'en moquais. Grâce à Dannam, j'enrageais de le reconnaître, elle était vraie, délivrée, impatiente, lascive, insouciante, heureuse, grâce et chair. Elle est tombée sur moi, se transformait à chaque mouvement, à moins que ce soient mes hallucinations qui aient commencé à ce moment-là. Je me retenais pour elle, son torse s'est redressé, la cape a glissé sur le sol, la découvrant nue, seins vers la basilique et jouissant, ne retenant pas ses cris, et moi m'accordant à elle, encore et encore. Nos voix résonnaient, des tourterelles se sont envolées, des cloches ont sonné. Pour nous évidemment. J'étais aimé, elle était la sauvage aux pieds nus, la belle de Venise, mon idylle, mon seul amour.

Toujours personne. Elle a sauté à pieds joints, regardé autour d'elle, enfilé sa robe, attrapé la cape et s'est mise à courir. Quelques pas seulement avant de s'arrêter. Elle s'est retournée et j'ai entendu ces mots, proférés tout haut : *« Viens, mon petit doge ! »* J'ai pris la main tendue et nous avons couru jusqu'à l'abri des arcades. Dans l'obscurité, des formes contre le mur. Amoureux ? Vendeurs de sacs ou d'hélicoptères lumineux ? Clochardes édentées, comme nous en avions vu dans la journée ? Nous ne le saurons jamais : nous avons enfilé une ruelle et puis une autre, évitant par hasard les culs-de-sac.

Dans la chambre, nous avons repris notre souffle, nous jetant sur la moquette l'un contre l'autre, riant, nous caressant, nous demandant si nous avions vu des visages nous suivre des yeux, oui, non, tant pis, tant mieux. Avons-nous jamais autant ri, soufflé, gémi encore lorsque j'ai glissé mon visage entre ses jambes ?

Au réveil, la gueule de bois. Toujours le lit matrimonial trônait, avec son énorme matelas. Toujours l'aiguillon de l'ailleurs.

Une fois rentrés chez nous, la première chose que nous avons faite a été de nous débarrasser de notre lit et de tous les lits d'appoint et autres matelas et banquettes et tout ce qui y ressemblait de près ou de loin. Un camion rempli a quitté la rue. Nous sourions sans penser à tout ce qu'il nous faudrait racheter un jour, puisque ce jour n'existait pas. Nous avions décidé d'appliquer la méthode à fond. Au point où nous en étions, c'était ça ou mourir. Nous étions devenus des fanatiques. Même la planche d'un fakir nous faisait fuir : le rectangle formé par les clous ressemblait à un lit. « Partout sauf dans un lit » était devenu notre unique mantra. Nos amis nous ont fui, nous avons perdu notre travail, notre maison, rien n'y a fait : la survie de notre couple était à ce prix. La diabolisation initiale de Dannam avait fait place à une sacralisation inconditionnelle.

Nous avons érigé un totem au centre de la place San Marco, où nous nous sommes rendus en stop. Il n'est pas resté une heure, mais il a créé un buzz incroyable. En Chine, des copies illégales du totem Dannam ont été réalisées en millions d'exemplaires. La version hot était assez grande pour contenir un couple d'amoureux qui y baiserait n'importe où. Vous déposez votre totem sous la tour Eiffel et vous baisez dedans avec votre partenaire, à l'abri, debout ou assis, suivant la version du totem.

Notre folie est devenue collective. À cause de Marie et de moi, cette démangeaison de l'ailleurs, cette manie, cette obsession, ce délire ont été confondus avec une liberté sexuelle synonyme de révolution. Un nouveau Mai 68 est né sur un malentendu. On dormait sur les balcons, les terrasses, dans les salons, les placards, les celliers, les buanderies, les greniers, les combles, les vides sanitaires… Les architectes proposaient des appartements sans chambre. Les pièces de certaines maisons expérimentales étaient renommées de manière aléatoire selon les activités sexuelles qu'on pouvait y pratiquer, le mobilier étant entièrement déplaçable. Un nouvel art de vivre était né. De nouveaux concepts. Des métiers, des objets, une industrie… Marie et moi étions les égéries de cette mode planétaire.

Bientôt, épuisés par cette frénésie permanente, nous nous sommes initiés à la spéléologie et avons passé trois semaines dans une grotte, à trois cents mètres de profondeur, dans le noir absolu. Notre amour usé jusqu'à la corde par la célébrité et les innombrables tentations que filles et garçons exerçaient sur nos sens y a trouvé à se régénérer une nouvelle fois. Nos corps étaient nos yeux. Chaque bruit, même et surtout infime, devenait un espace de vie à lui seul. Il avait sa couleur, sa forme et surtout sa sensation, qui exerçait des vibrations qui résonnaient en nous. Nos corps ont connu leur plein épanouissement pour la première fois ici, dans cette grotte, où nous avions choisi de limiter nos mouvements, de libérer paradoxalement notre amour, qui se régénérait grâce au contact de la pierre et des sons. Nos corps devenaient matière, nos caresses minérales et souples comme si nous mutions, à la manière d'êtres mythologiques.

Le retour a été difficile. Nous sommes partis en avance, de nuit, pour éviter la foule des journalistes et des admirateurs. Trop tard. Comment avaient-ils su que nous partions ?

Plusieurs jours plus tard, nous avons compris : des caméras infrarouges avaient suivi et retransmis en direct notre vie expérimentale, transformant notre intimité en une nouvelle mode déjà adoptée par des millions de personnes dans le monde au moment où nous sommes sortis. Toutes nos paroles avaient été retranscrites, et un livre avait paru avant même que nous ne nous soyons extraits de ce que nous souhaitions voir devenir, à la fin de notre vie, notre hypogée.

L'enfer, je vous dis.

Avec l'aide d'un adepte réactionnaire du lit matrimonial, nous avons échappé aux paparazzis.

Au moment où on brûlait des milliers de lits dans le monde entier, où des millions de gens se faisaient construire des cavernes dans leur salle de bains ou sur les toits, Marie et moi rachetions un sommier, un matelas Simm de 24 centimètres d'épaisseur en ressorts ensachés, et, enfin, revenant d'une odyssée qui avait effectivement duré dix années, nous nous sommes couchés, béats.

Un aveu est nécessaire : nous n'avons jamais aussi bien dormi.

Quant à ce que nous y avons fait d'autre, dans ce lit, au réveil… eh bien, rideau ! Cela ne vous regarde pas.

Imprimé en Espagne par
Liberdúplex
à Sant Llorenç d'Hortons (Barcelone)
en décembre 2013

N° d'impression : 37837
Dépôt légal : janvier 2014
I19531/61